# 平视红楼

李谋宏 ◆ 著

南方日报出版社

中国·广州

图书在版编目（CIP）数据

平视红楼 / 李谋宏著. --广州：南方日报出版社，2021.5
ISBN 978-7-5491-2337-7

Ⅰ.①平… Ⅱ.①李… Ⅲ.①《红楼梦》研究 Ⅳ.①I207.411

中国版本图书馆 CIP 数据核字（2021）第 034951 号

PINGSHI HONGLOU
平视红楼

| 著　　者：李谋宏 |
|---|
| 出版发行：南方日报出版社 |
| 地　　址：广州市广州大道中 289 号 |
| 出 版 人：周山丹 |
| 责任编辑：郭海珊 |
| 封面设计：邓晓童 |
| 责任校对：肖　颖 |
| 责任技编：王　兰 |
| 经　　销：全国新华书店 |
| 印　　刷：广东信源彩色印务有限公司 |
| 开　　本：889mm×1194mm　1/32 |
| 印　　张：7.25 |
| 字　　数：132 千字 |
| 版　　次：2021 年 5 月第 1 版 |
| 印　　次：2021 年 5 月第 1 次印刷 |
| 定　　价：39.00 元 |

投稿热线：（020）87360640　　　读者热线：（020）87363865
发现印装质量问题，影响阅读，请与承印厂联系调换。

# 序

《红楼梦》是四大名著中最经典的一部,对于大多数读者而言,阅读此书会对其中的诗词歌赋存在理解障碍;更大的障碍是,读者不一定拥有作者如此丰富的生活体验。正如一句话所说,"贫穷限制了想象力"。这种贫穷,不仅指物质上的贫穷,也指精神上的贫穷。一些读者会暗自庆幸能够读懂并理解《红楼梦》,他们感到,读懂《红楼梦》后,人的精神也得到了升华。

但是,没有经历过大观园式的奢华生活,怎么敢对《红楼梦》轻言理解?读懂《红楼梦》,何尝不是相对于物质基础的精神上的"意淫"。没有曹雪芹家族那种"冰火两重天"的生活体验,就说把《红楼梦》读懂并理解,这是不切实际的。

正因《红楼梦》作者亲身经历过炼狱般的苦难、流离失所的凄凉和濒临死亡的困苦,而且这种体验刻骨铭心,他才渴望通过小说人物的命运、家族的兴衰等情节重现这种苦难回忆。理解了作者的经历和写作背景,才可以说对《红楼梦》、对曹雪芹有一定的理解,否则,所谓读懂和理解可能都是肤浅的。

不过，并不是说人人都要经历过大观园那样的生活才能读《红楼梦》，而是《红楼梦》囊括的丰富内容，决定《红楼梦》的推广阅读工作存在一定难度。阅读《红楼梦》必须有一定的文化基础，如具备文史、园林、服饰等方面专业的理论知识。

《红楼梦》的内容丰富、用笔曲折、意境深远，来源或许是生活的无奈，或许是人情的冷暖，或许是情义的背叛，或许是赤诚与热忱，或许是冷漠与出卖。这些给了作者观察社会的窗口，也给了作者判断人心变化的窗口。作者体味到五味杂陈，并述之于笔端，将苦寄于乐来表达，将哭托于笑来展现，真伪混杂，虚假难辨。曹公之苦难，谁人可知？不知曹公之苦难，何以谈读懂《红楼梦》？

然而，《红楼梦》写的终究是世道，是人间，毕竟要回归到生活，回归到人。读者需要对曹公笔端的人的人性进行冷静的观察和分析，才能更好地理解社会人处事方式的复杂性。人性的复杂，不只是《红楼梦》人物中表现的善与恶，只要在有人的地方，有人的生生不息，人性的善与恶就会不断上演。

每个人出身的家庭环境和个体差异不同，所以，他为了生存下去，为了追求更好的物质生活、精神生活，所采取的方式就会存在很大差异。这种差异在一定社会形态下，体现在不同阶层和不同人身上，使得社会出百态，呈现众生相。在社会里，普通人仅仅为了生存下去，要克服的难题就远远多于富贵人家。

# 序

如果进行人体扫描,可以发现,千万年来,人体骨骼没有发生太大变化。事实上,人性也如此。由于笔者思维水平的局限性,无法解读《红楼梦》的全部内容,只能通过对重复闪现的人性特点进行观察,与大家分享《红楼梦》中展现的人性。通过阐述历史事件、分析文学作品及联系生活情境,观察人性在不同条件下的表现,反过来认识人性,加深对人性的理解,同时也为《红楼梦》的推广阅读,增加一个新的视角或阅读思路。

在分析人性方面,笔者将结合《红楼梦》中人物的故事,并对比其他历史人物的故事,讨论他们在谋求生存面前所表现的复杂人性。

《红楼梦》中家族的命运和人物的命运,不是这个群体特有的,而是在其他很多历史时期都有相似的例子,在现在也有相似性格的人物面临相似的命运。正所谓,以史为镜可以知兴替,以人为镜可以明得失,借鉴历史上的成败得失,对我们的未来有指导作用。曹雪芹用悲伤的笔调书写曾经绚丽的生活,有了凄凉的结局,回过头来看曾经的繁华,就会显得更加凄凉!

《红楼梦》展示了贾府的荣华富贵生活,可能很少人能觉察到安逸背后的危机,实际上,贾府生活的危机是客观存在的。人们往往被眼前的美景迷惑而放松警惕,甚至堕落。当危机来临时,就失去抵御危机、转危为安的能力,随波逐流,一路败北,最终从繁花似锦的天上人间跌落到举家食粥的凡尘俗世。落差之大,方显悲惨之切、忘危之痛,也见修身克己之贵。原先出生在富贵之家的人,不能想象自己也有落魄的一天,变成自己以前看不起的普通人。这不是个别剧情,而是几千年来都重复着的,只是何时落到自己身上而已!

  是为序。

# 目 录

**第一章 《红楼梦》中人物的悲喜命运与选择** …………… 1
    第一节　甄士隐与贾雨村的人生浮沉 …………………… 2
    第二节　王狗儿与蒋玉菡的人生进退 …………………… 5
    第三节　《红楼梦》中人物的阶层与选择 ……………… 8

**第二章 从宝玉读书说家庭转型** ……………………………… 11
    第一节　贾府的世运 ……………………………………… 12
    第二节　贾府的奢靡之风 ………………………………… 17
    第三节　贾府的教育方式 ………………………………… 21
    第四节　贾府转型的困难 ………………………………… 28
    第五节　家训文化与家族生存 …………………………… 31

**第三章 探春的改革与王熙凤的守旧** ……………………… 33
    第一节　探春小改贾府风 ………………………………… 34

| 第二节 | 探春改革的思路 | ⋯⋯⋯⋯⋯⋯⋯⋯⋯⋯⋯⋯ | 37 |
| 第三节 | 探春改革遇到的障碍 | ⋯⋯⋯⋯⋯⋯⋯⋯⋯⋯ | 40 |
| 第四节 | 大观园里的兴利除弊 | ⋯⋯⋯⋯⋯⋯⋯⋯⋯⋯ | 43 |

## 第四章 贾雨村转型走捷径 ⋯⋯⋯⋯⋯⋯⋯⋯⋯⋯ 47

| 第一节 | 改走捷径的贾雨村 | ⋯⋯⋯⋯⋯⋯⋯⋯⋯⋯⋯⋯ | 48 |
| 第二节 | 一个犯罪分子引发的思考 | ⋯⋯⋯⋯⋯⋯⋯⋯ | 51 |
| 第三节 | 阶层跨越之难 | ⋯⋯⋯⋯⋯⋯⋯⋯⋯⋯⋯⋯⋯⋯ | 53 |
| 第四节 | 读书能否改变命运 | ⋯⋯⋯⋯⋯⋯⋯⋯⋯⋯⋯⋯ | 58 |

## 第五章 贾府依附者们的生财之道 ⋯⋯⋯⋯⋯⋯⋯⋯ 61

| 第一节 | 赖大家庭殷实之道 | ⋯⋯⋯⋯⋯⋯⋯⋯⋯⋯⋯⋯ | 62 |
| 第二节 | 贾府仆人发迹例选 | ⋯⋯⋯⋯⋯⋯⋯⋯⋯⋯⋯⋯ | 65 |
| 第三节 | 贾芹和贾芸的依附生活 | ⋯⋯⋯⋯⋯⋯⋯⋯⋯ | 68 |
| 第四节 | 乌进孝承租得实惠 | ⋯⋯⋯⋯⋯⋯⋯⋯⋯⋯⋯⋯ | 70 |
| 第五节 | 刘姥姥攀亲及其他亲戚的依附 | ⋯⋯⋯⋯⋯⋯ | 73 |

## 第六章 贾府丫鬟们的挣扎 ⋯⋯⋯⋯⋯⋯⋯⋯⋯⋯⋯⋯ 75

| 第一节 | 袭人之生存 | ⋯⋯⋯⋯⋯⋯⋯⋯⋯⋯⋯⋯⋯⋯⋯⋯ | 76 |
| 第二节 | 晴雯之淘汰 | ⋯⋯⋯⋯⋯⋯⋯⋯⋯⋯⋯⋯⋯⋯⋯⋯ | 81 |
| 第三节 | 司棋和鸳鸯之死 | ⋯⋯⋯⋯⋯⋯⋯⋯⋯⋯⋯⋯⋯ | 85 |

# 目 录

　　第四节　丫鬟为什么怕被撵 …………………………… 88

　　第五节　生存与奴性之辩 ……………………………… 90

第七章　贾宝玉的爱情与婚姻 ………………………………… 95

　　第一节　贾宝玉的婚姻理想 …………………………… 96

　　第二节　贾宝玉与林黛玉的爱情期待 ………………… 98

　　第三节　贾宝玉与薛宝钗的现实婚姻 ………………… 102

　　第四节　贾宝玉的爱情与婚姻 ………………………… 105

第八章　《红楼梦》中的腐败现象 …………………………… 111

　　第一节　薛蟠掏钱改判人命官司 ……………………… 112

　　第二节　贾蓉行贿得龙禁慰 …………………………… 115

　　第三节　都察院收钱审张华 …………………………… 119

　　第四节　王熙凤仗势弄权收钱 ………………………… 124

第九章　《红楼梦》中改变穷苦的努力 ……………………… 129

　　第一节　贾芸赊账遇势利 ……………………………… 130

　　第二节　借钱自古为难事 ……………………………… 134

　　第三节　改变自我是根本 ……………………………… 137

**第十章 《红楼梦》中人性的复杂性与普遍性** ············· 141
　第一节　复杂的人性 ································· 142
　第二节　拥有资本就容易豪横 ························· 146
　第三节　微利可让，大利必争 ························· 148
　第四节　人性的善恶与阶层关联不大 ··················· 151
　第五节　《红楼梦》中人性的普遍性 ··················· 153

**第十一章 《红楼梦》的对比阅读** ······················· 155
　第一节　《红楼梦》与《儒林外史》 ··················· 156
　　一、曹雪芹与吴敬梓的时代背景 ····················· 156
　　二、文字狱下的《红楼梦》与《儒林外史》 ··········· 158
　　三、权贵圈子和儒林圈子 ··························· 159
　第二节　《红楼梦》与《金瓶梅词话》 ················· 162
　　一、性文化"雅"与"俗"的对比 ··················· 163
　　二、视角见识"贵"与"富"的对比 ················· 165
　　三、礼节文化"雅"与"俗"的对比 ················· 168
　第三节　《红楼梦》诗词与杜甫诗歌 ··················· 173
　　一、杜甫及其诗歌生活节选 ························· 173
　　二、《红楼梦》诗意生活节选 ······················· 178
　　三、《红楼梦》诗词与杜甫诗歌对比 ················· 181
　第四节　《红楼梦》与《源氏物语》 ··················· 183

第五节　《红楼梦》与《战争与和平》……………… 186

第六节　《红楼梦》的阅读困境 …………………………… 189

第七节　"红学"现象与清史背景 ………………………… 192

## 第十二章　《红楼梦》的平视视角 ……………………… 195

第一节　生存与尊严 ………………………………………… 196

第二节　《红楼梦》的悲剧基调 …………………………… 198

第三节　铜臭与书香 ………………………………………… 203

第四节　平视红楼 …………………………………………… 206

## 后记 ……………………………………………………………… 211

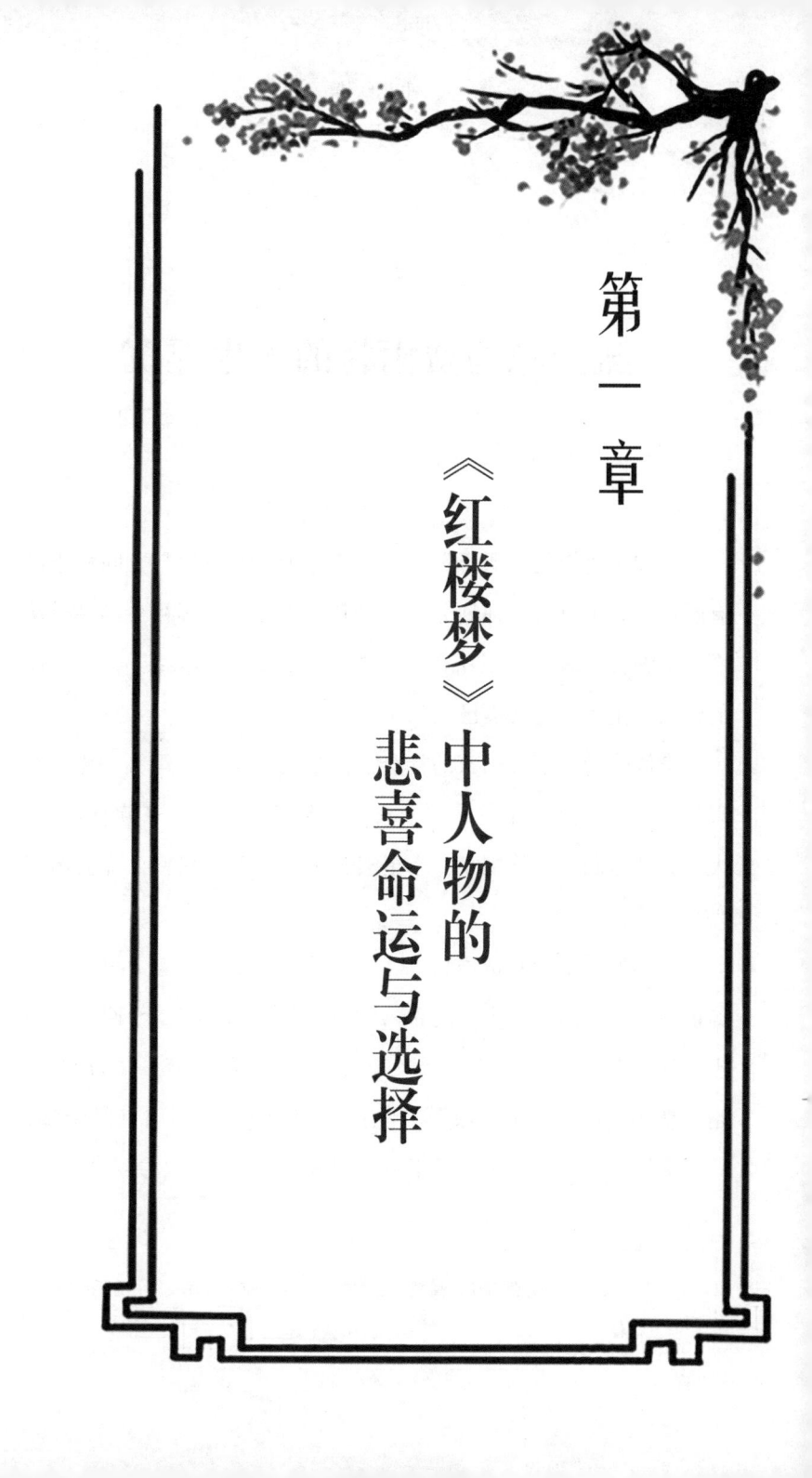

# 第一章　《红楼梦》中人物的悲喜命运与选择

## 第一节

# 甄士隐与贾雨村的人生浮沉

对中国传统的"天下"概念而言,天下的时间与空间从来没有断过,只不过人为地划分了"朝代""帝王"等社会属性,从而有了朝代更替,帝王所谓的"奉天承运,入继大统",是天命的轮回,是德有更替而已。

家族作为天下和国家的社会群体单元,与个人运势一样,有兴起,也有衰落。往往是一个家族兴起了,另一个家族衰落了。大至朝廷体制、民族国家,小至家族发迹、家庭兴盛,都会出现兴衰更替。

比如说甄士隐和贾雨村。《红楼梦》[①] 第一回是《甄士隐梦幻识通灵　贾雨村风尘怀闺秀》,《红楼梦》第一百二十回是《甄士隐详说太虚情　贾雨村归结红楼梦》。看《红楼梦》一首一尾,是"贾雨村起,贾雨村收"。还有《左传》里《郑伯克段于鄢》一文那样,"初,郑武公娶于申,曰武姜,生庄公及共叔段……

---

① 本书参考版本为曹雪芹,高鹗. 红楼梦 [M]. 北京:人民文学出版社,2000.

# 第一章
## 《红楼梦》中人物的悲喜命运与选择

遂和好如初",清代金圣叹点评其为"以初始,以初收"。

《红楼梦》全书一百二十回,以贾雨村、甄士隐开始,同样以甄士隐、贾雨村收尾。贯穿全书的是连珠线一样的人物,所以阅读时更需要详细了解人物关系。

先来看第一回《甄士隐梦幻识通灵　贾雨村风尘怀闺秀》,这一回讲的是姑苏城十里街上的甄士隐,他是当地的望族。这时的甄士隐有身份、有地位,也有一定经济资本。而贾雨村是一个贾姓子弟,先前本是望族,到了这一代却到了末世,他只能通过科举考试来自我晋升。他衣食没有着落,只能借居在葫芦庙,靠卖文字为生。也就是说,他要赶考,但是穷困得连赶赴神都的盘缠都没有。

甄士隐和贾雨村的身份地位区别明显。当年中秋节,甄士隐请贾雨村小酌一杯。甄士隐作为一个有名望的人,跟一个落魄书生聚餐饮酒论诗,一来是想解雨村思乡团聚之情,二来是想谈谈未来的规划。

贾雨村在酒后说出自己才情可堪,但应考举业囊中羞涩、无以为计,甄士隐便慷慨地给贾雨村封了五十两银子,还送了两套衣服给他,这样,贾雨村才有信心为自己的理想继续赶考,最终一展抱负。

甄士隐却没有好下场。元宵节里,先是女儿英莲走失,然后是三月五日葫芦庙里供品失火,家产被烧。惊恐之下,他变卖了田产，投奔了岳父。然而，岳父的势利眼给了他不小的打击，每况愈下的生活境况让甄士隐到了颓废边缘。

且说贾雨村离开姑苏后，到神都。科举考试之年，一举得中，并且到部任职，但是最终因为不谙人情世故而被弹劾免职。他没有轻易放弃，又托人找门路，到林如海家给林黛玉教书。果然机会是留给有准备的人的，几年后，贾雨村趁着护送林黛玉到贾府的机会，与贾府搭上线，贾府帮他幕后操作，贾雨村出任了应天府的职位，一路高升。

在同样的时间条件、空间地域中，贾雨村走向了人生的上升之路，甄士隐却跌落在生活的低谷。真所谓几家哀乐几家愁，甄士隐家庭败落之时，正好是贾雨村通过贾府一步步高升得意之时（后文将专门解说贾雨村）。

看这两人命运的转折，不禁感慨世事无常。可是，社会变化就是如此，从来没有一成不变的事物，而且不仅这样有点底气的家庭在变，不太起眼的人家也在变。

# 第一章
## 《红楼梦》中人物的悲喜命运与选择

### 第二节

## 王狗儿与蒋玉菡的人生进退

对贾府日常生活的介绍，是从一件小事写起的，即刘姥姥到荣国府打秋风的事。荣国府的王夫人娘家是重要的官宦人家，王狗儿的祖父原来是一个小小的京官，因为贪恋王家的权势，同王夫人父亲连过宗，通俗地讲，就是认过同姓亲房。（第六回《贾宝玉初试云雨情　刘姥姥一进荣国府》）

王狗儿的父亲王成因为生活光景越来越差，就索性搬到城外去住，王狗儿也娶了妻成了家。刘姥姥是王狗儿的岳母，她没有其他儿女，就索性跟着女婿一起过日子。

为什么王成从城里搬到城外？书中提到他是"家业萧条，仍搬出城外原乡中去住了"。但无论具体是什么原因，王成都是从城里搬到了城外。从经济角度讲，就是生活的开支大，但收入少。在城里生活，社会圈子，比如邻里之间、亲朋好友之间，四时八节、婚丧嫁娶的开支是少不了的，更不用说其他日常开支了。

因此，从生活匹配度讲，从城里搬回城外乡里，是带着被淘汰意味的短距离迁移，说明生活水平降低。王狗儿就是这样，他走出城，到乡下去生活。

在同样的时空里，也有人从乡下甚至外乡，漂泊到城里，这是怎样的人生呢？

蒋玉菡是一个伶人，以唱小旦出名，又称琪官。贾宝玉在冯紫英家的宴会上遇见他，两人初次见面就有相见恨晚之意。蒋玉菡将北静王赠给他的茜香国女国王所贡的汗巾子解下来，给了宝玉，宝玉也解下了系在身上的松花汗巾子赠给他，而宝玉身上的汗巾子原本是袭人的，可见两人情真意切。（第二十八回《蒋玉菡情赠茜香罗　薛宝钗羞笼红麝串》）

后来，忠顺王府的长史官跑到贾府来，跟贾政说要找一个伶人，也就是蒋玉菡。说是王爷找不到琪官就吃不下饭，后来终究找到贾府来，要找贾宝玉。

其关键线索是，贾宝玉同他换过一条汗巾子，这是男性贴身隐私之物。忠顺王府的人便断定，琪官同贾宝玉的关系非常亲密，贾宝玉一定知道他住在哪里、怎么样可以找到他。且不说贾政遇到来寻伶人的人气得如何，宝玉是这样回复的："大人既知他的底细，如何连他置买房舍这样的大事倒不晓得了？听得说他在东郊离城二十里有个什么紫檀堡，他在那里置了几亩田地几间房舍。想是在那里也未可知。"（第三十三回《手足耽耽小动唇舌　不肖种种大承笞挞》）

# 第一章
## 《红楼梦》中人物的悲喜命运与选择

可以断定,蒋玉菡在离城二十里的东郊买了地,也置了房舍。一般而言,从事伶人这种艺术行业的人是到处漂泊的,但是蒋玉菡通过自己的努力,有能力在郊区买地置房,在靠近城里的地方生活,他的生活是从漂泊到逐渐固定。

王狗儿从城里搬到原乡里去住,而蒋玉菡这个异乡人则逐步从漂泊的命运转变到有固定地方落脚,从边缘向城里靠近。分析《红楼梦》中这两个不起眼的小人物,也可看出人物的兴衰变化。

处在各个社会阶层的人,都会为自己定下个人、家庭和社会不同层次的努力目标,并据此经营自己的圈子。为了适应社会的变化,他们会做些什么呢?

## 第三节
## 《红楼梦》中人物的阶层与选择

《红楼梦》中的人物不限于贾府的贾姓家族和他们的姻亲家庭,还有许多依附贾府的人以及他们的姻亲,他们或老或小,或尊或贱,或智或愚,或善或恶,同贾府的重要人物一起构成社会的重要单元。

贾府的兴衰成败与这些人有着千丝万缕的联系,"一损俱损,一荣俱荣"的不仅是贾家、王家、薛家、史家,依附在他们身边的小家庭也会受到影响。看似无形的社会关系,其实都是有牵连的,特别是小家庭或小人物。由于没有足够的物质财富及社会资源,他们无法凭借一己之力或一家之力来应对社会的万变,所以整个贾府的变化影响着小家庭的变化。

一件小事,只能影响一个小人物或者小家庭。例如,贾芹接下尼姑庵的差事后,家里的经济状况马上有所转变;贾芸接下园子里种花的工作后,很快也改善了家里的状况。而在社会中能影响一个家族特别是像贾家、王家、薛家、史家的,一定是大变动,而且这种变动不是因一时一事而起的,而是由多件事情引

# 第一章
## 《红楼梦》中人物的悲喜命运与选择

起,要经过一年、两年甚至许多年才能引起大的变化。正所谓"量的积累会引起质的变化",贾府被抄家,所犯的不是一两桩事,而是很多违法事,比如放利钱(王熙凤放高利贷)、包揽词讼、交通外官(贾赦)、恃强凌弱、强占良民妻子为妾、逼死人命(贾珍)、强取豪夺石呆子的扇子(贾赦)、私埋人口尤三姐(贾琏)等。贾府宁、荣二府这些所作所为,日积月累就导致贾府被查抄。

在社会变动时,不同阶层的人对生活有不同期许。社会底层人民希望现状有所改善,层次越高越好;社会高层的人希望未来不比现状差,维持现状也不错。

马斯洛需求层次理论告诉我们,人的需求包括生理需求、安全需求、社交需求、尊重需求和自我实现需求,共五个需求层次。这是一种基于需要的认识理论:不同家庭出身、能力禀赋、生活状况的人,其眼界水平不同,他们掌握的时势变化不同,认识到的人性善恶程度不同,因而在社会生活中会做出不同选择,会处于需求理论的不同层次。

祸兮福所倚,福兮祸所伏,有危机意识的人时刻准备着应对"末世"的到来,为最坏的情况做好准备,并采取措施应对可能的灾难。这样,在社会变迁或世运更替中,他们活下去的可能性就会提高。如果没有危机意识,而是抱着"今朝有酒今朝醉"的心态,那么纵有良田银两,也总会消耗殆尽。

《红楼梦》中的人物，每个人出身的家庭环境不同，所处的阶层也不同，加之每个人的能力和品性有差异，因此在个人所处的时代阶段表现是不同的。无论这个家庭在当下是处于盛世上升的阶段，还是衰世败落的阶段，不同人对家庭命运和个人命运都有不同的理解。有忧患意识的人，总会尝试通过自身努力去改变家庭和个人的命运，预防败落；而没有忧患意识的人，只是随波逐流。社会不同阶层的人，为了改变命运，需要做出不同的生活转型。

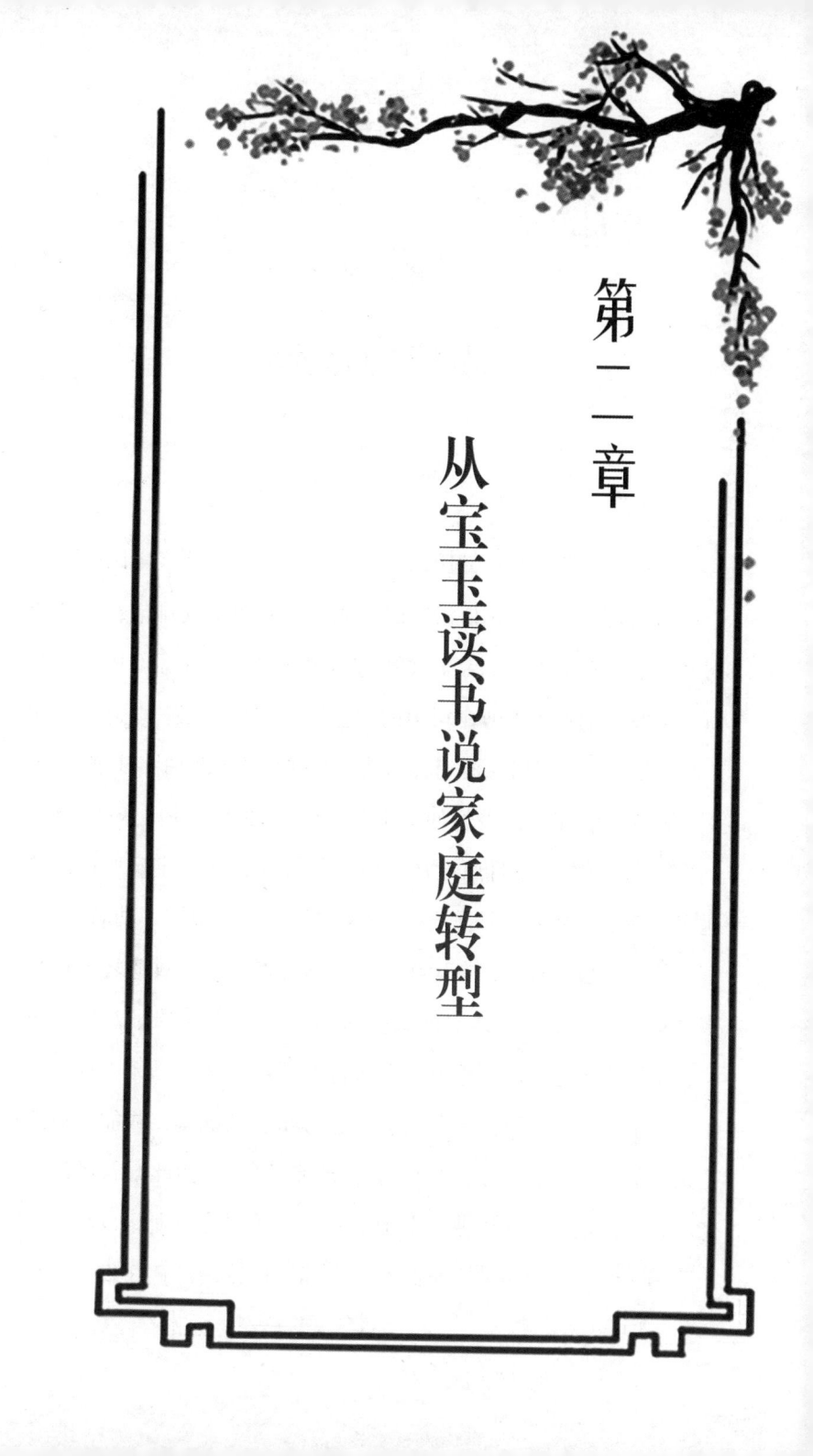

# 第二章 从宝玉读书说家庭转型

## 第一节

# 贾府的世运

宁国府梅花盛开,尤氏请贾母等人来赏花,贾宝玉跟随到了宁国府。贾宝玉在宁国府游玩时犯困,由秦可卿安排他在自己的房间休息。在梦中,贾宝玉被警幻仙子带领到了太虚幻境中的孽海情天宫,他看到了薄命司中的"金陵十二钗正册""副册"和"又副册"。(第五回《游幻境指迷十二钗 饮仙醪曲演红楼梦》)

贾宝玉看完后,警幻仙子带其去奇幻仙境,并向众姊妹道:"你等不知原委:今日原欲往荣府去接绛珠,适从宁府所过,偶遇宁、荣二公之灵,嘱吾云:'吾家自国朝定鼎以来,功名奕世,富贵传流,虽历百年,奈运终数尽,不可挽回者,故遗之子孙虽多,竟无可以继业。其中惟嫡孙宝玉一人,禀性乖张,生性怪谲,虽聪明灵慧,略可望成,无奈吾家运数合终,恐无人规引入正。幸仙姑偶来,万望先以情欲声色等事警其痴顽,或能使彼跳出迷人圈子,然后入于正路,亦吾兄弟幸矣。'如此嘱吾,故发慈心,引彼至此。先以彼家上中下三等女子之终身册籍,令彼熟玩,尚未觉悟,故引彼再至此处,令其再历饮馔声色之幻,或冀

## 第二章
### 从宝玉读书说家庭转型

将来一悟，亦未可知也。"（第五回《游幻境指迷十二钗　饮仙醪曲演红楼梦》）

这个危机是来自贾府宁、荣二公的警示，冷子兴则是从外人的角度来判断。贾雨村遇到冷子兴，两人谈到了贾府，贾雨村说了金陵贾府的辉煌繁华。冷子兴笑道："亏你还是进士出身，原来不通！古人有云：'百足之虫，死而不僵'。如今虽说不及先年那样兴盛，较之平常仕宦之家，到底气象不同。如今生齿日繁，事务日盛，主仆上下，安富尊荣者尽多，运筹谋画者无一，其日用排场费用，又不能将就省俭，如今外面的架子虽未甚倒，内囊却也尽上来了。这还是小事。更有一件大事：谁知这样的钟鸣鼎食之家，翰墨诗书之族，如今的儿孙，竟一代不如一代了！"（第二回《贾夫人仙逝扬州城　冷子兴演说荣国府》）

宁、荣二公之灵与冷子兴都看到同一个问题，即后代儿孙中能继承家业者甚少，这是一个客观事实。于是，对儿孙中最有可能改变家庭命运的嫡孙贾宝玉，宁、荣二公请警幻仙子警其顽劣，这样，贾宝玉将来或者能有感悟，改变家族的命运。

贾宝玉此时正是青春期躁动少年，需要在这时候给予他警示，而不是给已经成家的贾琏、贾蓉警示，也不是给贾兰警示。成长期的青年人对事业的抉择很重要，对家族也很重要。著名作家路遥在《人生》中引用柳青先生的一句话："人生的道路是很漫长的，但要紧处常常只有几步，特别是当人年轻的时候。"

贾府的世运到底处于什么样的生存危机呢？

贾府的家业是宁、荣二公建立的，也是宁、荣二公随皇帝定鼎天下，从死人堆里摸爬滚打出来的，他们可以说是开国元勋式的有功之臣。随着政权运作的推移，贾府这类功勋政治力量，在中国传统国家治理体系中，必须思考政权支持力量的转型。

宁、荣二公可以追随皇帝在马上打天下，但是历来的传统就是不能在马上治天下。《红楼梦》中，贾政让贾宝玉走科举之路有一定的合理性。因为随着政权的稳定，一个政权的功勋政治力量必然向贤能政治力量转变，这就是贾政让宝玉走科举之路的时代背景。

贾政不完全是迂腐的读书人，不是没有看到这样的历史潮流，他也看清了贾府面临的时运和选择。在普通人的理解中，"学而优则仕"是一条可行的出路。贾宝玉作为出生在显赫家庭的人，对于追求功名利禄的读书人是看不起的，特别是像贾雨村这种投机心理很强，为了登进士科而读书的人。相比之下，贾政则从比较务实的角度提出考科举之路，并要宝玉多与贾雨村接触。

贾府这样的人家，为何还要走考科举的路呢？

那是因为在一个新政权建立的过程中，高官厚禄者往往与帝王有血缘、地缘关系或者有先前结交的优势，形成了开国元勋、功勋政治官员的开国局面。从历史经验来看，这种局面往往会被

## 第二章
## 从宝玉读书说家庭转型

贤能政治官员取代。

这主要有以下几个原因：

第一，功勋政治官员的地域分布往往单一，很难从全局来考虑国策的变动，也很难从国策的全局变动去考虑应对变化。功勋政治不外乎这几方面因素，即与开国帝王同乡、与开国帝王有血缘关系或与开国帝王有联姻关系。由于存在长远的利益关系，这些功勋政治官员在患难时往往同生共死，一同"打天下"。

但是，朝政稳定后，功勋政治官员的局限性就显示出来了。通常情况下，在中国历史上，开国之初的人事结构是功勋政治官员与前朝官僚共事。前朝官员凋零后，功勋政治官员往往是军功官僚，在社会管理中的弊端逐渐显现，他们知识结构单一，不能应对"治天下"，虽然通过荫荫制度（即有一定职位的官员有一定名额可以给自己的子弟直接做官）可以保持一定官员替补的延续性，但从全局来说，要考虑选拔更加全面的人才，而科举制度就是一个重要举措。

所以，贾政让宝玉读书，走科举之路，就是功勋政治家族在国家稳定条件下延续富贵的正确道路，也就是转型。

第二，姻亲关系结构下的官僚群体有先天的不足。臣属与帝王家族结亲家，只是一次政治上的联姻关系，这种关系是不稳定的，会随着政治形势的变化而变化。政治形势的变化归根结底随着经济形势而变化，是利益分配带来的格局稳定性问题。

对帝王家族而言,"皇帝的女儿不愁嫁",但功臣家族儿女的联姻还是会谨慎选择的。臣子与皇室结亲,意味着彼此的政治利益会更加深入。

在政权稳定和维护统治的前提下,姻亲关系对维系利益有一定效果,但最终还是得家族的外戚能干,才可将家族利益维持得更久,而不是简简单单的裙带关系。

这种关系的缺陷是,利益的维系靠"枕头风",靠后宫得到宠爱来体现,唐代的杨贵妃家族就是典型的例子。但是,这样做的风险太大,因为政治斗争或能力不足主要与帝王的喜怒哀乐有关。外戚的裙带关系始终不是安全的利益纽带。在治天下的过程中,国家层面通过选拔,选举出的贤能官僚是一定社会精英阶层,由一个社会精英阶层来治理国家,这样的治理方式是高效的,而且有长期稳定性。

综上两方面因素,贾府在从功勋政治到贤能政治的转变过程中,如果要维持贾府家族的利益,就必须跟上国家治理的转变节奏,否则只有被淘汰的结果。荣国府的贾政有这样的认识,所以才一而再,再而三地要求贾宝玉学好四书五经,走科举之路来维护家族利益,这是比较务实的做法。虽然贾政能做到这样,但是贾府中其他人就不一定有这样的认识了。

## 第二章
## 从宝玉读书说家庭转型

### 第二节

# 贾府的奢靡之风

贾府面临重大的生存危机,贾赦却意识不到。在他看来,爵位是世袭来的,高官厚禄也可以世袭,所以自己不用改变太多。

贾府过中秋节,家宴开启时,为了助兴,击鼓传花出节目,贾宝玉和贾环作诗。贾环作诗后,贾赦对诗瞧了一遍,连声赞好,道:"这诗据我看甚是有骨气。想来咱们这样人家,原不比那起寒酸,定要'雪窗萤火',一日蟾宫折桂,方得扬眉吐气。咱们的子弟都原该读些书,不过比别人略明白些,可以做得官时就跑不了一个官。何必多费了功夫,反弄出书呆子来。所以我爱他这诗,竟不失咱门侯门的气概。"他回头吩咐人去取了自己的许多玩物来赏赐与他。又拍着贾环的头,笑道:"以后就这么做去,方是咱们的口气,将来这世袭的前程定跑不了你袭呢。"(第七十五回《开夜宴异兆发悲音 赏中秋新词得佳谶》)

不只贾赦一人,贾府中不少人都有这种认识。反正有固定的官做,也有固定的收入,所以不用奋斗。贾府中的生活就是如此,富足充实如节令宴会、春节、中秋宴、生日宴(凤姐生日)、普通家宴（宁府赏花）、大观园小范围的聚餐（宝玉生日）、螃蟹宴等。处在这样迎来送往（赖大请客）以及醉生梦死的生活中的人，很难会产生危机意识。

宁国府中的贾珍父子，更是把宁国府翻个底朝天，他们以设宴为乐，也以赌钱为快。更有甚者，在贾敬的丧期里，贾蓉、贾琏合谋娶了尤二姐，饮酒作乐，不顾一切地玩乐。更有薛蟠加入他们，与外面的冯紫英等公子吃酒作乐，与琪官、柳湘莲、芸儿等伶人聚会。这些都是贾府中的日常宴饮，而贾府中一白一红两件事情，更加彰显其奢华无度。

白事情是指秦可卿的丧礼，停灵七七四十九天，且不说人事往来之繁剧、祭礼流程之丰盛、迎来送往之频繁、场面之大、费用之奢，单说秦可卿用的棺材原是给忠义千岁订制的，出在潢海铁网山上的樯木，帮底厚八寸，纹若槟榔，味若檀麝，以手扣子，玎如金玉，做以棺木，万年不坏。即便是给一千两银子还未必能买到。（第十三回《秦可卿死封龙禁尉　王熙凤协理宁国府》）

红事情是指元春加封贤德妃并省亲。贾政的长女元春加封为贤德妃，然后要省亲，贾府为了迎接元春而盖省亲别院，开展了扩建和修建工程。元春省亲时改名为"大观园"，后来元春担心无人居住而荒废院落，便要贾府中的姐妹们搬进去住，其繁华之盛，尽在其中。（第十七回《大观园试才题对额　荣国府归省庆元宵》）

## 第二章
### 从宝玉读书说家庭转型

这些事情都衬托着贾府繁花似锦般的生活,既有皇家的照顾,又有亲戚的支撑,其奢靡之风不是靠读书考取功名的美好愿望就可以改变的。贾府中多数子弟并没有上进读书的爱好,整体氛围如此,而宁、荣二府的贾赦和亲戚薛蟠也是如此。

贾赦是荣国府贾代善的长子,有两件事可以说明他贪图享乐。一件事是要他娶贾母身边的鸳鸯为妾,他让邢夫人来说,结果因为鸳鸯宁死不从的决心,贾母将他臭骂一顿,他不再要鸳鸯了,而是花钱买了一个十五六岁的小姑娘嫣红收在房里。另一件事就是他喜欢古玩,喜欢扇子,而石呆子不管他给多少钱也不肯卖扇子给他,还把贾琏臭骂了一顿。贾雨村为了讨好贾赦,设计诬骗敲诈石呆子,把扇子抄到了官府,再送到了贾赦手上,贾赦也因此认为贾雨村是个能干之人。

贾赦的儿子贾琏也是浪荡子弟。宁国府的贾敬因为炼丹而死后,在铁槛寺办丧事。贾琏在宁国府无意中看到了尤氏娘家的妹妹尤二姐,贾琏与贾蓉商量后,将尤二姐娶了养在外宅。贾琏因为公差之事办得好,贾赦就把自己身边的丫鬟秋桐也给了贾琏,让秋桐跟贾琏一起。

宁国府这边更加乱套,贾珍带头玩射猎游戏,宁国府因为聚赌和游戏而差点被翻出个天来,奢靡淫乱,聚众玩乐。为此,柳湘莲说:"你们东府里,除了门口的那两头石狮子,只怕连猫儿狗儿也不干净。"

贾府的荣国府、宁国府是如此，其他子弟也有不上进的，如贾瑞有勾引王熙凤的心思，结果被王熙凤折腾而死；贾芹安排了水月庵的差事，结果是饮酒作乐，混乱一团。贾府的子弟如此，贾府的亲戚薛蟠更是无法无天。

两次命案显示了薛蟠仗势欺人程度之深。

第一次是薛姨妈带家人上京都，薛蟠在应天府，遇到了拐卖人口的拐子，买了个丫鬟香菱。然而，这拐子提前把香菱卖了给当地的冯渊，又一次卖给了薛蟠。拐子要逃跑时，被两家抓住，且两家都不要钱而只要人，结果因为争执，薛蟠带人将冯渊打死，独自上京去，留下家人处理。经过贾雨村的曲判枉法，薛蟠竟然跟没事人一样，轻松过关。

第二次是在京都两百里的南边喝酒，因为酒铺中当槽儿的张三多看了蒋玉菡几眼，薛蟠第二天就故意找茬，用酒碗砸死张三。后来，经过很多周折，也花了几千两银子，薛蟠的死罪还是被开脱掉，经过道、县、刑部的反复折腾，薛家将当铺变卖，甚至借贷将薛蟠赎出。

贾府的亲戚朋友如此奢侈无度又恣意妄为，如何指望他们变得上进？整体上看，是不太可能的。

# 第二章
## 从宝玉读书说家庭转型

### 第三节
# 贾府的教育方式

在教育架构方面，贾府配备着学堂。"这贾家之义学离此也不甚远，不过一里之遥，原系当日始祖所立，恐族中子弟有贫穷不能请师者，即入此中肄业。凡族中有官爵之人皆供给银两，按俸之多寡帮助为学中之费。特共举年高有德之人为塾掌，专为训课子弟。"而"贾家塾中现今司塾的是贾代儒，乃当今之老儒"，秦钟与宝玉一起去学堂上学，就是指这里。（第九回《恋风流情友入家塾　起嫌疑顽童闹学堂》）

贾宝玉上学前，贾政问他的随从李贵，得知宝玉在读《诗经》，贾政便吩咐李贵道："哪怕再念三十本《诗经》，也都是掩耳偷铃，哄人而已。你去请学里太爷的安，就说我说了：什么《诗经》古文，一概不用虚应故事，只是先把'四书'一气讲明背熟，是最要紧的。"此处，贾政的要求非常明确，就说要贾宝玉学好四书五经，走科举之路。

但是，义学里的实际情况已经远不是贾政所想象的先生教书、学生求学那样。贾家的学堂里，除了贾府的子弟，如贾宝玉、贾蔷,还有薛蟠这样的姨表亲戚,有金贵荣这样的姑表亲戚,也有贾蓉的小舅子秦钟这样的穷亲戚,各人贫富不等,鱼龙混杂。加上贾代儒也出于身体原因不一定授课,有时让他的孙子贾瑞看管一下学堂,学堂里的教育氛围非常混乱,所以才出现了茗烟和金贵荣打架,继而发展为打大群架事件。(第八回《比通灵金莺微露意　探宝钗黛玉半含酸》、第九回《恋风流情友入家塾　起嫌疑顽童闹学堂》)

贾政作为贾府中比较爱读书的人,在教育宝玉的问题上主要表现为三个方面:

第一,对宝玉的教育用批评、挖苦的方法。

贾宝玉要去学堂上学读书,贾政是讽刺的挖苦:"你要是再提'上学'两个字,连我也羞死了。依我的话,你竟玩你的去是正理。仔细站脏了我这地,靠脏了我的门。"这是典型的讽刺贾宝玉的话。而贾宝玉上学,也是因为觉得同秦钟在一起才有意思,可见贾政对宝玉的讽刺挖苦是出于其"不争气,不上进"的缘故。

第二,对宝玉的教育用训斥、呵斥的方法。

省亲别院修好后,贾政和清客们要去院子里看各处的匾额、题对等,带贾宝玉前去。众清客也都明白,贾政要给他一个考验,也是给他一个展示的机会,所以撰额、题对时都故意说一些很不合适的,以给贾宝玉展示才华的机会。但是,贾政听了贾宝

## 第二章
### 从宝玉读书说家庭转型

玉的匾额、题对后,却用"无知的蠢物,你只知朱楼画栋,恶赖富丽为佳,哪里知道这清幽气象,终是不读书之过""又出去""回来:再做一联,若不通,打嘴"等话语来评价。

贾宝玉主动说额联,贾政说"谁问你来";贾宝玉不主动说额联,贾政又说"怎么应你说话时又不说了?还要等人请教你不成";贾宝玉对不上来时,贾政又说"你这畜生,也竟有不能之时了"。在这次小考验里,贾宝玉竟然被贾政训斥得一无是处,无论他怎么做,都是不对的。(第十七回《大观园试才题对额荣国府归省庆元宵》)

第三,极致无助的愤怒笞挞。

在日常的生活中,贾政对子侄们的教育以训斥为主,但也有近似疯狂的时候,那就是笞挞宝玉一事。

贾政在贾府里被忠顺王府的长史官找到,说要找琪官(蒋玉菡),因为琪官同贾宝玉关系密切,所以找贾宝玉希望问到其下落。贾宝玉回答他也不知道时,长史官说出了琪官同贾宝玉互换汗巾子一事,无奈之下,贾宝玉说出了琪官在紫檀堡置地的事。贾政被此事气得要宝玉站着,等送走长史官后再处置他。

贾宝玉也知道在劫难逃,可是当时身边无一人可以去请祖母来保护。偏偏贾环告诉贾政,王夫人房里的丫鬟投井自杀身亡,是由于贾宝玉强奸未遂,贾政如何能不肝火大动?于是,他动了家法,命下人将宝玉按在地上往死里打。

贾政被气昏头之下，不仅自己动手打，还用绳子把贾宝玉往死里勒。正当贾府大乱时，王夫人赶来劝贾政，也以哭贾珠来劝谏贾政，而贾政也气得老泪纵横，心想自己花甲已过了，还如此。贾母赶到才让贾政的暴力停下来。贾母以要回金陵娘家为威胁，贾政不得不给贾母赔罪，贾宝玉才被抬走治伤。这是贾府里一次小风波，也是贾宝玉受到的一次暴力教育。

在教育贾宝玉的过程中，另外两位家庭成员有不同的教育方式，一位是王夫人，另一位是贾母。两位女性的教育引导有着温情的一面。

王夫人生了三个孩子——贾珠、贾元春、贾宝玉。贾珠已亡，贾元春已嫁，身边只有贾宝玉一人，所以平素对贾宝玉的教育是说服教育为主，更多是对他疼爱有加，多数母亲都会这样。相对于像贾政这样以家长为主导的教育，贾母的教育更偏向溺爱、隔辈亲的方式，她看着孙子什么都好，对这个长相上最像自己丈夫的孙子，可以说是偏爱。

这样的教育合力就形成了。贾政总在扮演严父的角色，王夫人总是扮演慈母的角色。中国传统的严父慈母的家庭教育模式就是这样的。由于贾珠的亡故，贾宝玉的家庭成长中，特别是在被贾母溺爱的情况下，出现"一子难教"的窘况。"父母严管，爷爷奶奶护短"的家庭教育范式，一直是这样的延续。（第三十三回《手足耽耽小动唇舌　不肖种种大承笞挞》）

# 第二章
## 从宝玉读书说家庭转型

如果说贾政的引导性教育有从贾宝玉身上找原因的话，那么王夫人的偏爱就显得很直接。下面两件事是王夫人对贾宝玉爱子情深的表现：

第一，打金钏并将她赶出贾府。

盛夏之时，贾宝玉到王夫人房中去，王夫人在午休中，金钏在打盹捶腿。贾宝玉与金钏说笑，给金钏喂了香雪润津丹，并让金钏出主意去捉贾环和彩云。贾宝玉说要向王夫人讨金钏，王夫人听到后肝火大动，打了金钏一个巴掌，并骂道"下作的小娼妇，好好的爷们，都叫你教坏了"，之后叫来了金钏的母亲白氏将金钏领了出去。（第三十回《宝钗借扇机带双敲　龄官划蔷痴及局外》）

第二，查抄大观园并赶出司棋、晴雯。

邢夫人在贾府院子里碰到帮贾母做粗活的丫鬟，傻大姐无意中发现了绣春囊。傻大姐只看见两个没有穿衣服的妖精在一起打架，而不知道绣春囊是性启蒙的情趣用品。绣春囊是在大观园假山后捡到的，于是，邢夫人找到王夫人，要求管一管这件事。贾府的当家人是王夫人的侄女王熙凤，也是邢夫人的儿媳妇，这种事由这个当姑姑的出面处理更好。王夫人查问过王熙凤，确定绣春囊不是内侄女王熙凤和贾琏的后，才决定突击检查大观园，后来还赶走了晴雯、司棋、入画三人。（第七十三回《痴丫头误拾绣春囊　懦小姐不问累金凤》、第七十四回《惑奸谗抄检大观

园　矢孤介杜绝宁国府》）

　　这两件事都是王夫人对贾宝玉成长教育的重视，都是为贾宝玉营造可供他健康成长的好环境。从消除贾宝玉身边的危险因素到营造贾宝玉的成长环境来看，金钏之死和晴雯、司棋之死都与王夫人有关。如果说王夫人在盛怒之下逼死金钏，这是带有一定偶然性的；那么查抄大观园就是经过谋划且有一定必然性的处理方法。这导致入画、司棋、晴雯被撵走，甚至司棋、晴雯之死也与此有关联。作为一个母亲，王夫人的做法是合乎情理的，是为了教育和呵护贾宝玉，可谓舐犊情深、偏爱有加。

　　为什么会这样呢？

　　书中写道："今日正在园内掏促织，忽在山石背后得了一个五彩绣香囊，其华丽精致，固是可爱，但上面绣的并非花鸟等物，一面却是两个人赤条条地盘踞相抱，一面是几个字。这痴丫头原不认得是春意，便心下盘算：'敢是两个妖精打架？不然必是两口子相打。'"

　　傻大姐捡到的是绣春囊，这是那个时代的性启蒙用品，所以邢夫人把绣春囊给王夫人后，王夫人先找了王熙凤盘问。大观园里唯一的男生是贾宝玉，可想而知，如果这类性启蒙用品传开去会有什么严重后果，所以要防微杜渐，对大观园进行彻底检查，并清理污秽之物。

　　试想一下，如果现代家庭的父母在初中生儿女的房间里看到

## 第二章
## 从宝玉读书说家庭转型

性启蒙书刊或光盘，会不会彻底翻出来清理掉？大多数会。他们会不会把孩子的交际圈子也甄别一下，免得孩子跟别人家孩子学坏？大多数会。我们没有理由去质疑王夫人的做法过分，毕竟那个时代比今天更加保守。这是人之常情，不是过分之举。

所以，在贾府里，贾政希望贾宝玉以后能继承家业，也是望子成龙，是"期望教育"。教育贾宝玉有所成就，就要严格点，如果宝玉不够努力，就触犯了贾政期待的底线。贾政经常用这些严厉的教育方式，确是值得质疑，却不能说他不希望宝玉更好地成长。

对于王夫人，她就只有这么一个儿子，她倒不苛求。王夫人实行的是"底线教育"，教育贾宝玉不能学坏，所以偏松，只要不学坏，就保住底线。贾母的是"亲情教育"，隔代亲，教育贾宝玉承人伦，所以偏爱。孩子健康平安，就是她的心愿。

以上就是在《红楼梦》贾宝玉挨打这一故事中，体现出来的贾政严管、王夫人哭劝贾政、贾母护短几种矛盾的观念。

所以，在中国社会家庭中不同年龄段、不同监护主体形成了不同的教育方式。通常说的"严父慈母"式教育，是一种常见的宽严相济的教育方式，爷爷奶奶是增加隔辈亲的宠爱，这两个是一致的做法。到今天依然如此。

## 第四节

# 贾府转型的困难

一个人的转变有困难,一个家庭的转型更加难,而社会的转型则有着更深厚的社会背景。关于个人的转型,笔者试从两篇小说说起。

一篇是老舍先生的《断魂枪》。故事讲的是清朝末年西方列强入侵后,传统的镖局在洋枪洋炮下已经没有生存价值了。身怀五虎断魂枪绝技的镖师沙子龙解散了镖局,办起了客栈。而他的绝技五虎断魂枪也传不下去了。徒弟们想讨教,他也没有传授。其中,一个大徒弟王三胜在与武林高手孙老者的较量中被孙老者打败。出于对胜利的渴望和扳回面子的需要,王三胜引孙老者来拜会沙子龙,希望能同其比武。但是,无论孙老者如何挑衅或求教沙子龙,沙子龙始终没有亮出绝技来比武。最后孙老者离开,不再恳求。

在夜深人静的时候,沙子龙在客栈后院独自耍起他的绝技五虎断魂枪。练完之后,他仰望星空,回想过去押镖的日子,口里念叨着:"不传,不传。"沙子龙并没有找到武术的出路,而是选

## 第二章
### 从宝玉读书说家庭转型

择了不传。可见,他觉得,国术也好,武术也罢,不能再沉醉于过去的辉煌时代了。他没有找到新的路子,只能让五虎断魂枪留在自己手上,随着他进入棺材,成为历史。

另一篇是冯骥才先生的《神鞭》。天津卫的傻二头上有根大缆绳般的大辫子,他祖上有一门绝技,经过几代人的潜心变革,创出了独一无二的辫子功。因为看不惯天津卫一个叫"玻璃花"的地痞逞凶欺人,傻二决定教训他一下。玻璃花为了报复,就请了两位天津武林高手去教训傻二,结果被傻二的辫子功打败了。后来,傻二参加了义和团,去攻打租界,他头上的辫子被洋人用洋枪打断了。后来,他又长出头发,但想到家传的辫子功在洋枪面前就像以卵击石,不值得留恋,于是他果断剃掉辫子,也学会了用洋枪打仗。用傻二的话来说,"辫子没了,神还在"。

无论是沙子龙耍五虎断魂枪,还是傻二耍辫子功,他们都经过了一段时间的积累,想让他们随着时代的变迁而转型是有困难的。面对到来的新时代,沙子龙最终没有把五虎断魂枪绝技再传给别人,而是选择让它失传,使这种技法退出潮流;傻二不仅剪掉了辫子,与过去脱钩,更加难得的是,他选择了潮流,用练辫子功的劲头去练枪法,从神鞭手变成神枪手,这是非常不容易的。一个人的转型都如此困难,一个家族的转型肯定有更多障碍了。

但是,贾府作为一个功勋政治家庭,要转向贤能政治家庭,其难度与惯性都很大。历史上有过不少"外戚"多行不法而难以长久的例子，哪怕是皇室宗亲也很难幸免。贾府在从功勋政治家庭向贤能政治家庭转型的过程中，贾政虽然对贾宝玉、贾环、贾兰有一定要求，但这毕竟是少数，而且最后能高中并成功的只有贾兰一人，从贾家宁、荣二府本籍的子孙后代角度来说，这是微不足道的。

为什么贾府很难做到整体转型？这主要是由于贾府和其亲友权贵以及权贵子弟的物质富足程度，足以让他们躺在先祖的功劳簿上，过钟鸣鼎食之家的生活，最起码也是衣食无忧的生活。但是，这样的生活也让贾府子弟失去奋发的动力。有好吃、好喝的，能过得去并可以肆意挥霍的生活，贾赦、贾珍、贾蓉等人还怎么会努力呢？而群体这种不上进的氛围，不是贾政一人想改变就可以改变的。君子之泽，五世而斩，不努力延续家族的辉煌，只会走向败落，家族荣华富贵的凋零是在所难免了。更何况家族里这些子弟经常有违法之举，突如其来的灾难会加速这种败落，贾府被抄家就是实例。功勋政治家庭的败落是如此难以扭转，贤能政治家庭也会面临着同样的危机，但贤能政治家庭往往有着延续的文化基础，这就是家训文化。

第二章　从宝玉读书说家庭转型

## 第五节

# 家训文化与家族生存

贾府是典型的功勋政治家庭，是通过立军功打下家业的，后来又有爵位继承，无论是贾敬还是贾赦都继承了先祖的光辉，这使得子孙荣耀之极，富贵之极。这里有贾珍继续继承爵位的尊荣，也有贾政受祖上的庇佑，被封员外郎的官衔。随着元春入宫并被封为贤德妃，这个家族可谓富贵无以复加。家族里这样的人绝大多数享受着先祖的荣光。贾政在督促贾宝玉读书走科举之路时，就是为贾府另开一条道路以延续富贵，可惜的是，他虽然很用心，但最终没有得到理想的结果。贾府的子弟们是一代不如一代了，最终甚至衰落下去。俗话说，君子之泽，五世而斩。祖辈辛辛苦苦成就一番事业，留给后代恩惠福禄，但是往往经过几代人就消耗殆尽，贾府并未能逃过这个规律。

中国第一部家训是西周周公的《诫伯禽书》，周成王亲政后，分封周公的儿子伯禽为鲁国国君。在伯禽去封地鲁国之前，周公告诫儿子伯禽做好国君，告诉他做人（国君）的道理。自此，开始有西汉司马谈的《命子迁》，也有三国时诸葛亮的《诫子书》

《诫外甥书》等诫训类书,这些文献都富含着训诫类智慧。到南北朝,颜之推(颜回的第三十五世孙)的《颜氏家训》成为正式的家训文化的祖本;宋代有吴越王钱镠的《武肃王遗训》(清末衍变成《钱氏家训》)、司马光的《家范》《训俭示康》;明代有袁了凡的《了凡四训》;清代有袁采的《袁氏世范》、朱柏庐的《朱子治家格言》、曾国藩的治家格言等家训文化。这些都丰富了传统家庭教育的内容,并让中国传统家庭教育有了文化上的指导性,对家庭教育、家族繁盛有了很多经验性智慧可供借鉴。

贾府是一个功勋政治家庭,想走向贤能政治家庭是比较困难的。试想一下,要让他们暂时放弃享乐,走向科举,转型的这种阵痛他们是很难承受的。历史上更多贤能政治家庭出身的家族,能在历史长河中坚持对知识的渴求和对文化的传承。其中比较有代表性的是曾国藩(宗圣曾子的七十世孙)家族,包括其弟曾国荃、其子曾纪泽及家族中的其他优秀人物;也有近代的钱氏家族(宋吴越王钱镠之后),包括著名的文化学者钱玄同、钱穆、钱锺书,物理学家钱学森、钱三强(钱玄同之子)、钱伟长(钱穆之侄),外交家钱其琛,他们家族也是人才辈出。

贾府转型就是从功勋政治型到贤能政治型,但《红楼梦》中的故事没有给这样的假设可能性,而是给了我们思考的余地。如果贾府的贾宝玉、贾兰高中,那么是否可以实现转型?笔者认为,对于一个处于末世的富贵家族来说,还是困难重重,难以突破。

# 第三章

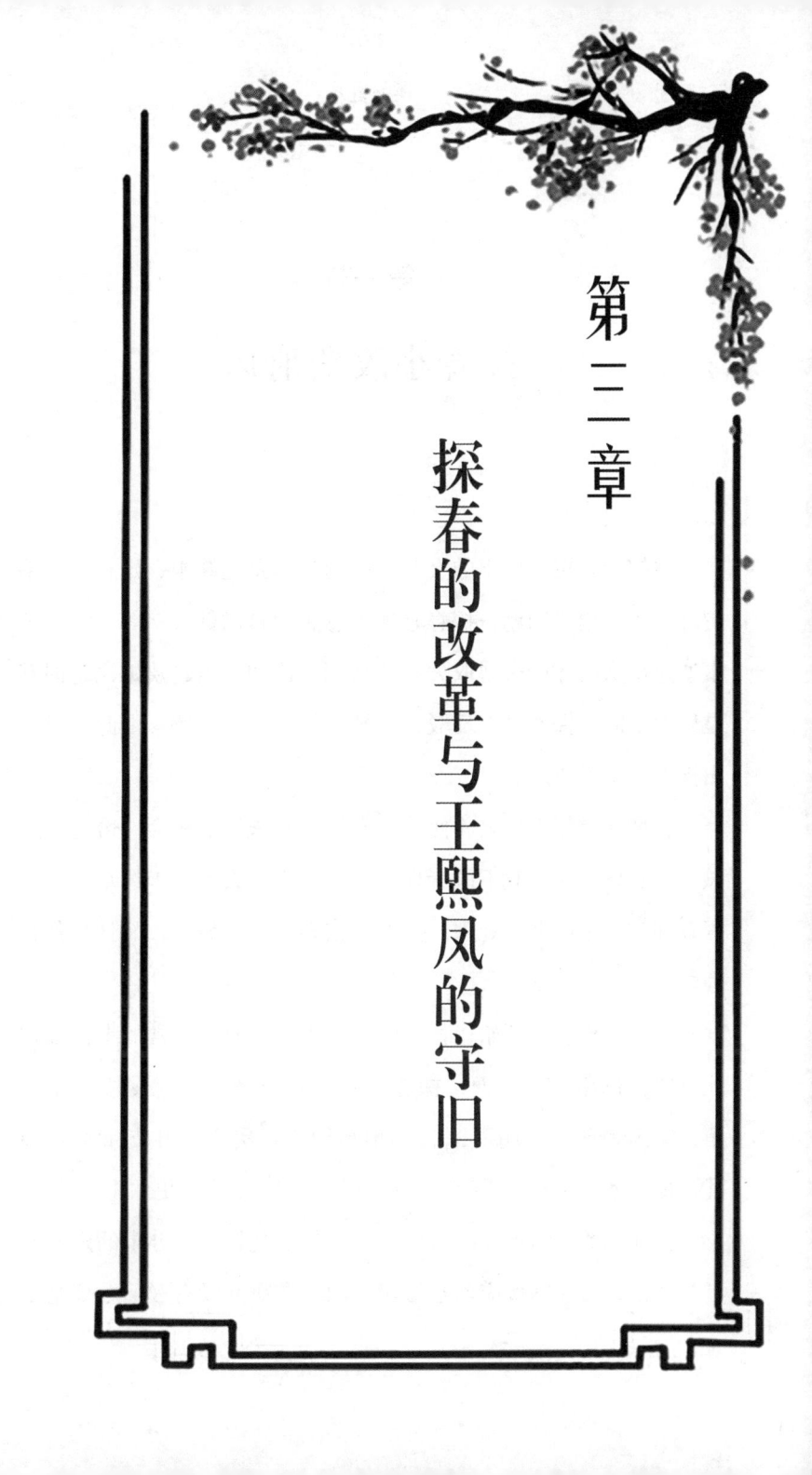

## 探春的改革与王熙凤的守旧

## 第一节

# 探春小改贾府风

贾探春是贾政庶出的女儿，她的母亲是赵姨娘，她有个弟弟贾环。由于出身问题，探春心理上总感觉自己低人一等，需要事事通过出众的才能来博取大家的认同。比如，当赵姨娘说赵国基是她舅舅时，探春马上反驳，说她的舅舅是王子腾，由此可以看出探春的抵触心理。

长期注重能力的培养使得探春终于有施展的机会。恰逢王熙凤由于身体原因暂时不能管理家务事，王夫人就让李纨牵头，由探春和宝钗来做助手处理。探春不仅有自己的想法，而且具备管理能力。

李纨与探春刚开始代替王熙凤治理家务时，日常的事情都如往日般按部就班；然而，探春逐步代理家务后，就慢慢崭露头角，突出表现为能明而断且不怕得罪人。贾府的开支重叠且混乱，探春就出手在家里搞一下小改革，不仅节流，更注重开源。

比如，关于给探春的舅舅赵国基的丧礼银子，办事的媳妇回复李纨说，按照陈例应该是给四十两。李纨并没有驳回办事媳妇

## 第三章
### 探春的改革与王熙凤的守旧

的话,但在办事媳妇准备按照陈例办理时,探春说要查账,并按照家里的陈例给。经过核对账本,得出应该只给二十两银子。这样,就将李纨答应回复的四十两银子减了二十两下来,结果只给了二十两银子办此事,此举动引发探春的母亲赵姨娘的一番哭闹。

再比如,关于各房里丫鬟的脂粉银子,贾宝玉、贾环、贾兰学堂的银子都已经分到各房。在此基础上,还要单独再分一次,事实上就是重复的开支。为此,探春也毫不犹豫地砍掉这一部分,将重复开销的部分取消。

试想一下,探春虽然看到家里这些弊端,但如果不是王熙凤生病不能理家,她怎么有机会施展治家才能呢?探春的不一般之处就在于善于观察借鉴。在赖大家摆酒作客时,她们到赖大家的园子,园子里的实体收入比较多,这点引起了探春的注意。

探春道:"我因和他家女儿说闲话儿,谁知那么个园子,除他们带的花、吃的笋菜鱼虾之外,一年还有人包了去,年终足有二百两银子剩。从那日我才知道,一个破荷叶,一根枯草根子,都是值钱的。"所以,她就借鉴这个做法来尝试进行开源,将大观园里的花草、稻米等承包给下人,这样可以增加一定收入,家里就不是纯粹开销。这就是探春的聪敏过人之处。(第五十六回《敏探春兴利除宿弊 识宝钗小惠全大体》)

不过,探春的开源只是小改革,并不能令贾府真正振作起来。例如因为少了王熙凤的严苛，贾府的下人在各方面就都松懈下来，有的更放肆地聚赌喝酒，以致后来贾母需要亲自抓查赌博一事。

探春的小改革能实现，在贾府有执行下去的可能性，与探春借鉴改革的思路是分不开的。具体将在下一节分析。

第三章
探春的改革与王熙凤的守旧

## 第二节

# 探春改革的思路

从改革方式而言，探春的改革表现在家庭用度方面，她是在整个家庭依然维持在原有运行状况下进行一种试探性调整。既然是试探性调整，就只能是小修小补。但是，对贾府来讲，是要从全局出发，探春这种试探性调整也是事关全家生活用度的，更何况有嫂子李纨和表姐宝钗的协助，这种小改革更加可以推进。

对于探春的改革思路，著名政治学家萨孟武先生有一个这样的总结："凡有意改革之人，在改革以前，或先施惠以结人心，或先用刑使人警惕。施惠须从疏而贱者始，用刑须从亲而贵者始。若问惠与刑孰先，我欲依法家之说，刑先。"[1]

这段话有三个层面的意思：

第一个层面，改革的认可者或者是支持者的问题。给人好处以让他们愿意改革，或者给一定惩处以让他们不敢反对。

第二个层面，给予好处的，优先从基层、底层人员开始；给

---

[1] 萨孟武.《红楼梦》与中国旧家庭[M]. 北京：北京出版社，2016.

予惩处的，要从高层亲属开始。

第三个层面，关于改革先给好处还是先给惩处的问题，经验得出，先给惩处更合适。

探春改革的基本思路是萨孟武先生所总结的那样，国家层面的改革就是变法。中国历史上最成功的变法就是商鞅变法，回溯商鞅变法的经验，就可以了解探春的改革思路是如何产生的。

商鞅变法开始时，徙木立信的方式取信于民也予利于民。商鞅第一次布告时说，如果有人把三丈长的木头搬到北门，则可获赏十两黄金，大家对此表示怀疑。第二次布告时说，如果有人把木头从南门搬到北门，则可获赏五十两黄金，这次有人把木头搬到了北门，商鞅真的给他奖赏了五十两黄金。这样做的好处是使得普通人也能得到奖赏，这就是取信于民，又予利于民。

据《史记·商君列传》记载，变法几年后，太子犯法，商鞅想要处理太子，但因为太子是国家的储君，不能施刑，所以将太子太傅公子虔处刑，太子之师公孙贾被在脸上刺字。

商鞅徙木立信和处理秦国太子太傅及太师的做法，就是上文所说的第二个层面和第三个层面的应用。探春第一次出面处理家里的事，就否决了她舅舅丧事的礼金，这导致她姨娘（母亲）不满，令姨娘哭闹一场。这既是"刑先"的一个例子，也是"用刑先从亲而贵者始"的一个例子。探春是按照陈例来办的，制度的底线不是可以随便逾越的，如果有这样的行为，就要予以改正，

# 第三章
## 探春的改革与王熙凤的守旧

所以办事的媳妇提出的四十两丧事礼金,应改为二十两来办。

承包园子的花花草草、种稻子给园子里这些下人们增加了收入,使贾府减免了一些开销,开源节流是对双方都好的做法。这也是"施惠以结其心""施惠须从疏而贱者始"的实际运用。

探春在贾府的小改革有短暂效果,可惜没有坚持下去,而且这种小改革不会改变贾府的命运,这与贾政希望宝玉走科举道路、完成家族转型是有区别的。探春是贾府的改革者,是问题的发现者,也是积极改正弊端的执行者。探春的改革是家庭内部应对贾府衰败的一种尝试,其改革的思路有一定的经验参考,不过,这样的改革如果要长期执行,也会遇到不少障碍。

## 第三节

# 探春改革遇到的障碍

在家庭的生活用度中,探春发现了家庭中的问题,她也显示了相当好的组织能力(建议起诗社的就是探春)。在王熙凤生病期间,王夫人授权李纨、探春和宝钗临时治家的权力。

贾府上下几百口人,事无巨细,需要一个人把家当好,这是很不容易的,更何况还要进行小调整。

探春平常看到家里的一些弊端,但她不当家就无法着手应对;她理家之后,遇到了各种难题、阻力甚至令她感到无能为力的事。

比如内部人员欺生。吴新登家的媳妇接手帮忙处理事情,在处理探春舅舅丧葬礼金的事情时,她把问题丢给探春,她明明知道陈例做法是如何,但就是假装不知道,先看探春如何处理。

比如内部人员的蒙蔽以及重复领钱。贾宝玉、贾环、贾兰在书本费用上重复领用了钱,探春发现后当即减去。

比如内部掌钱财的人员将经手的钱变相回扣盘剥。在承包园子时,说到给承包的下人分钱是先总到柜上再下发时,探春当即

## 第三章
### 探春的改革与王熙凤的守旧

指出这个做法不妥,要求直接下发,而不经手,免得又被他们做手脚。

比如赌博风气严重,趁王熙凤病倒后,探春与李纨、薛宝钗理家时,园子的下人便聚赌。更严重的是,迎春的乳母竟然也把迎春的金项圈拿去当钱赌博。发生这样的事情,是因为探春理家的威信不够;而且大家都知道,探春的理家只是暂时的,等王熙凤身体好了后就会归位。此事后来由贾母闪电般出手才及时得到处理,并阻止了问题恶化。

再比如亲情的为难之处。赵姨娘是探春的亲生母亲,但在探春理家期间,因为她弟弟赵国基丧葬礼费的事情而同探春哭闹。因为蔷薇粉的事情,赵姨娘与一个伶人小孩子即芳官以及几个伶官,撕扯打作一团,这都令探春感到很无奈,又难以处理。

家法也好,制度也罢,在执行层面都会存在弊端,通常是"两害相权取其轻,两利相权取其重",并通过一些修补措施让好处最大化,把坏处压缩到最小,这是务实的做法。幸而探春是家里临时的掌权者,她没有受到其他伤害。例如有人因为长期不满,乘着查抄大观园的空档,借王夫人之名,掀起探春的衣服假装检查,这种羞辱的做法,直接就被探春一个巴掌打了过去!

长期掌权理家的王熙凤,就有不得不受的负担。没有哪个当权者或拥有权力的人不会受到抨击。大权在握,调整利益分配,可以谋私利,可以谋公利。得到多的人会拥护她,得到少的人会反对她，侵犯了他们利益的人在诅咒她。所以，赵姨娘嫉恨当家掌权的王熙凤和得全家宠爱的贾宝玉，于是她买通马道婆，暗中使坏，让王熙凤和贾宝玉中邪一样地发疯生病。（第二十五回《魇魔法姊弟逢五鬼　红楼梦通灵遇双真》）

更有甚者，在王熙凤死后对王熙凤的女儿巧姐下手，卖掉巧姐，以报复多年来王熙凤施加的打压，发泄心中的不满。

探春终究要嫁人，不能一直留在贾府，只是探春嫁人之远超出一般人的想象。家里最厉害的女生、最有可能给这个家庭带来转机的探春远嫁了，意味着很难给贾府带来生机了。

探春在治家时，看到贾府内外的开销，觉得甚是浪费，也看到了家风不正带来的效率低下、盗窃等现象。探春的小改革虽然是种开源的措施，但对于人员庞大的贾府来说是杯水车薪的。王熙凤在治家时，未必就没有看到这些弊端，只是从家庭的惯性出发，她的做法与探春依然是有区别的。

第三章 探春的改革与王熙凤的守旧

## 第四节

# 大观园里的兴利除弊

探春治家的时间比较短,但是给贾府带来了一丝生机。有些事王熙凤也看到了但没有去管,有些事情是她一时无法改变的。这就是为什么有些改革顺利,有些改革不顺利,有些改革胎死腹中。

一般而言,自上而下进行的叫改革,自下而上进行的叫革命。改革一般是从最高层的思维意识开始的,给具体的操作者授予一定的权力。这有个大前提,就是改革者不一定是决策者,但起码要是执行者,这个执行者的权力是有一定范围的。

如果改革的手段激烈,改革的动作过大,令下面的被改革者接受不了,就容易引起下面的人激烈反对。原因在于,下面的被改革者对隐形的危机和弊端以及可能面对的困难局面,还没有危机感,在这种情况下若变革的措施过激,则容易引起他们反对。若下面的被改革者也感受到危机逼近,体会到面临的重重困难,则容易与上层改革者达成共识,形成相同的理念。这样,整体上,改革的阻力就会减少,能够稳定而顺利地推进。

比如，春秋战国时期，魏国的李悝变法、韩国的申不害变法、秦国的商鞅变法、楚国的吴起变法、赵国的胡服骑射、齐国的邹忌改革、燕国的乐毅改革等。当时，在礼崩乐坏的周朝制度变化下，经济生产方式也发生了变化，不变法是不行了。最终结果是，变法最彻底的秦国夯实了国力，以至横扫六国，一统天下。

后来的时代也有变法的运动，但动作都很小，有些甚至执行不了。时间短的，比如唐代王叔文的永贞革新，才五个月时间，他就被罢免了。同时被罢免的还有"二王八司马"，其中的"二王"指王叔文、王伾；"八司马"指韦执谊、韩泰、陈谏、柳宗元、刘禹锡、韩晔、凌准、程异，他们在改革失败后都被贬为州司马。唐宋八大家之一的柳宗元也在其列，这种革新触动的利益太多，政令起草出来，还没有见到效果就一下子消失了。

时间长的，如宋代的王安石变法，一共持续了八个年头。随着变法的深入，支持他的宋神宗最后也动摇了，王安石被罢相，变法也就停止了。更何况王安石要变法，朝廷有一大批反对者，其中比较突出的有司马光，这不仅是利益问题，更是由于涉及面太广。历史的经验是，形势没有严峻到一定程度，激烈的改革就会有很大阻力甚至会激化矛盾，所以决策者历来都很谨慎小心。

即便到了近现代，中国清政府面对改革、变法犹豫不决不说，造成的结局是一个个条约地签订、一块块国土被割去、一笔

## 第三章
### 探春的改革与王熙凤的守旧

笔银子地赔款，还要对新生力量过分打压，戊戌变法也是以"戊戌六君子"人头落地而告终的。

历史是如此残酷又不失现实，探春的革新也只在贾府激起了一点涟漪。王熙凤作为当家人，常年面对这样的问题，对此，她就显得有些守旧，明知存在问题但没有及时更正，明知有缺陷但没有弥补。那么，探春的革新与王熙凤的守旧，到底哪个更能适应贾府的形势？为什么王熙凤的守旧做法能存在这么长时间呢？这必须同传承一起说明。

王熙凤显然接下了贾母年轻时候的角色，王熙凤进贾府之前，王夫人主内多一些；王熙凤进贾府之后，贾母的顶层设计和王夫人的授权，使得王熙凤成为家里的执行者。需要说明的是，王熙凤接手之后，多数家庭开支用度只能是萧规曹随，勉强维持贾府的整个运作。这是习惯性做法，几乎无法改变。

此处举几个例子说明：

贾府的人情往来、四时八节礼数方面，只能按照陈例来处理，就算换一个人来管理，这方面的开支也只能增加而不好减少，变动不大。

贾府内部的开销部分，贾母和宝玉、亲戚们（林黛玉、薛宝钗、史湘云），各房的开销是不能减少的。

下人的月例银子可以缓，可以拖，但是不能不给，更不能减少，否则下人也不会好好干活。

这么一来，内外可以变动的可能性就很小。谁当家，谁知道柴米贵；谁当家，谁都会小气一点。这是常理。这么来说，王熙凤治家时的守旧就在所难免了。

在贾府生活中，探春代表着改变家族命运的标新立异力量，王熙凤代表着惯性力量。探春想改变，要改变，在贾府中属于典型的少数派；而王熙凤不能变，也不想变，在贾府中属于典型的多数派。在贾府中，多数人是想要安逸的，他们已经习惯这样的生活，想他们改变基本很难，对贾府有益的这种小改革也只是昙花一现。历史也往往如此。

# 第四章

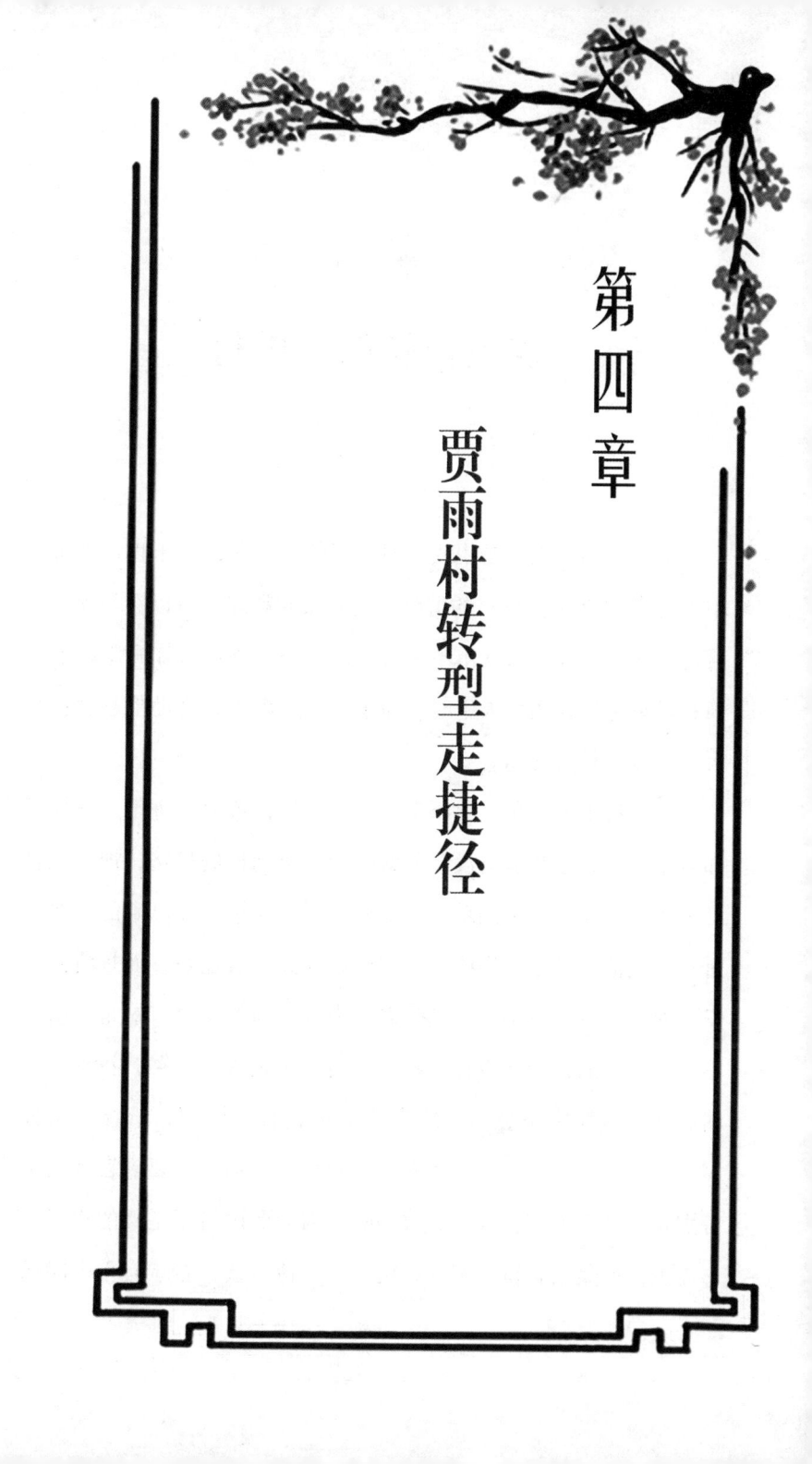

## 贾雨村转型走捷径

## 第一节

## 改走捷径的贾雨村

贾雨村的祖上也是望族，但到了他这一辈已是末世，他本人本来想走举业（科举）的道路以复兴家族辉煌，所以在与甄士隐吟诗作对中，处处表现出不甘人下的心态。当他告知甄士隐准备通过科举考试来改变人生时，甄士隐慷慨解囊，资助他赶去神都大比，以登科入仕途。

贾雨村果然不负平生所学，一举登第，考取了进士，升任了知府。然而，他在官场没多久就受到官场同僚的排挤，加上他自己失职，因而被罢免还乡。贾雨村受到了科举入仕以来的一次严重打击。他不甘于这样的失败，所以他并没有还乡，而是将家小安排返乡，自己以游历名胜为名，去寻找新的机会，这是贾雨村不同于别人的善于找机会的特点。他先是托人找门路，找到江南的甄家，给甄宝玉教书；后来他又找到林如海家，给林黛玉教书。他为什么不去当个私塾先生，而是苦苦追寻也要到官宦人家特别是有名望的官宦人家去教书呢？因为贾雨村不是真的想当教书先生，而是去官宦人家寻找机会、等待机会，希望有一天能抓

## 第四章
### 贾雨村转型走捷径

住机会改变自己的命运。（第二回《贾夫人仙逝扬州城　冷子兴演说荣国府》）

都说机会是留给有准备的人的，贾雨村在无意间得到朝廷起复革职旧员的机会，在他当教书先生的林如海家发挥了作用。当时正是林如海的妻子去世，他的女儿林黛玉要到京都却无人护送，所以林如海央烦贾雨村代为护送林黛玉到京都，并将其推荐给了他的舅兄贾赦和贾政，经过他们的推荐，贾雨村很快就升任了应天府。

在葫芦寺门子的指点下，贾雨村理解了"护官符"的用意，贾雨村也开始发生了变化。于是，他不光通过手段从轻处理了薛蟠打死冯渊一事，而且从此之后他对贾府的事情也比较上心，频频走动。就连宝玉也不耐烦地说，贾雨村来贾府，回回都要见他。贾雨村的一升再升离不开贾府，他也是不择手段地"回报"贾府。比如石呆子卖扇子一事，贾雨村为了讨好贾赦，硬是强取豪夺，将扇子从石呆子手里夺来，献给贾赦，希望达到依附其作靠山的目的。贾雨村从前是一个儒家子弟，通过科举考试进入官场，但后来竟然把文人的道德情操丢在了一边，成为一个彻头彻尾的官宦，这个官宦是不讲良知的，总想着谋一己之私。

当年甄士隐资助过贾雨村，贾雨村在发迹之后、娶娇杏之时，也惋惜甄士隐的女儿英莲走失的命运，安慰甄家娘子说要设法找到英莲。但是，当真的英莲改名成"香菱"并成了呆霸王薛蟠的丫鬟时，他不但不解救，反而徇私枉法，曲判案件，放过打死人的薛蟠，将人命关天的案件说成是前世宿怨，糊弄众人。他还急急忙忙写信给贾府和王府邀功。真是应了一句话，"仗义每多屠狗辈，负心多是读书人"。

严格地执行朝廷的制度，似乎不如讨好权贵，制度不一定能给自己带来好处，而权贵可以带来现实的利益。贾雨村自己的官是凭借贾府和王府之力才当上的。正所谓"朝中有人好做官"，贾雨村的科举之路不顺利，依附到贾府，他才背靠大树好乘凉。这么看来，贾雨村已经不是通过自己的实力谋职位了。现实中，比起实际能力，懂得理顺关系，找到矛盾的焦点，游刃有余地利用有利条件来为自己做事，也是非常重要的。

# 第四章
## 贾雨村转型走捷径

### 第二节
# 一个犯罪分子引发的思考

2017年,有个很火的电视剧《人民的名义》,其中有一个人物叫祁同伟。他是汉东大学政法系的学生。大学期间,他抛弃了与自己恋爱的女同学,转而追求自己的女老师。他并非很爱自己的老师,而是因为女老师的父亲是这个省的省委书记。在他的疯狂攻势下,他最终如愿以偿,成为省委书记的乘龙快婿。他年轻有为,很快升职为公安厅厅长。他的能力不容置疑,但他的机缘是通过出卖人格得来的,以自尊心的伤害为代价。他几乎每两年升职一次,可惜最终还是走向犯罪的深渊,受围捕之下,只得引枪自戕而亡。

祁同伟先前是基层的一个优秀警察,后来当上公安厅长,却逐渐堕落到贪污腐败、失职渎职及杀人灭口的地步,以致最终走上不归路。后来,电视剧中他的死亡在网络上引起观众一片同情,一般认为,他这是没有选择的选择。这种现象不免引起人们思考,为什么他的发迹过程能引起观众的认同?这就说明,在阶层固化的社会现实下,那些希望改变命运的人,苦于现实无法改变而深感无奈并奋力挣扎,对这种挣扎的同情,从侧面反映人们对现实中阶层逐渐固化的不满。对极端手段的认可，特别是对想改变自己所属社会阶层心态的认同，反映阶层固化已经到了恒定的程度。当一个人、一群人不能通过自己的努力改变生活状态时，社会阶层就固化了。随着资本力量越来越成熟稳定，阶层固化会更加不容易被打破。

也就是说，一个有能力的人想突破阶层，走向更高阶层，用正常渠道已经很难达到目的，他需要剑走偏锋，或者冒险，或者迂回。如果他的能力配不上所谓的理想，就是空有野心。"不管用什么手段，官越大说明越成功；不管是什么来路，钱越多说明越成功！"——"笑贫不笑娼"的价值观念影响着人的价值判断。这是一种可悲，但又是很现实的社会存在。

贾雨村升任应天府后，从处理薛蟠的案子，到强取豪夺石呆子讨好贾赦，几乎都是不择手段的。他这样做，是为了保住自己的官位，而由于功勋政治家庭的固化，要突破这些阶层，就只能走捷径，绕过常规，用非常手段，通过攀附权贵和官僚来达到自己的目的。

祁同伟也好，贾雨村也罢，为了向上爬，是不择手段的。他们的行为在当时是被否定的，在后世也是遭唾骂的，可是偏偏这种情况仍客观而现实地存在着。那么，是什么原因令社会阶层固化，令人难以逾越呢？仅仅是经济原因吗？是特权阶层还是社会制度？社会固化到底会有多可怕？下一节将继续探讨。

# 第四章
## 贾雨村转型走捷径

### 第三节

# 阶层跨越之难

由经济、政治、社会等多种因素造成的，在社会的层次结构中处于不同地位的社会群体，称为社会阶层。一个有秩序的社会一定是有阶层的，这个阶层一定意义上维护着社会的有序性。不过，这个阶层要能够流动才有活力，如果阶层固化，各阶层之间流动受阻，这个社会的活力就从内部开始消亡。内部活力消亡之后，如果一个社会群体通过努力改变不了命运，就容易爆发社会矛盾。

历史上，这样的事情总是通过暴力革命手段暂时取得一点平衡，又开始积累新的矛盾。中国历史上"禹传子，家天下"后，协助天子治理朝政的先秦贵族都是以贵族血缘关系为纽带的世卿世禄制[①]。西汉汉武帝时期开始了察举制，由中央按照要求向地方发出政令，要求地方按照政令向中央推荐人才，这在一定程度上革除了世卿世禄的弊端。到后来，随着形势的发展，特别是到

---

[①] 世卿就是天子或诸侯国君之下的贵族，世世代代、父死子继，连任卿这样的高官。世禄就是官吏们世世代代、父死子继，享有所封的土地及其赋税收入。

了魏晋时期发展到九品中正制①,按照评判来确定品级,再授官任职,门阀士族控制和垄断了国家治理的高官通道,导致"高门华阀,有世及之荣;庶姓寒人,无寸进之路"②的弊端。为了改变这种情况,隋唐开启了科举制,这种通过考试选拔官员的方式,彻底改变了以血缘关系为主的世卿世禄制和以门阀为主的士族制度③。科举制在宋代以后发扬光大。通过考试来选拔官员,对后世产生了极大影响。直到今天,我国依然通过高考对人才进行选拔,这个意义是积极的。

贾府这样的功勋贵族,里面的成员一生下来就带着官位或者官爵,在物质基础上不用奋斗,甚至可以挑三拣四,连家里的伶人芳官都可以挑食,连丫鬟司棋都可以因为一碗鸡蛋羹而大闹厨房,更何况贾府的主子们。富贵阶层已经形成并且固化,贾雨村的先祖有过荣华富贵的生活,于是他更希望恢复先祖那般奢华的生活。为此,他要么甘于现状,通过科举考试一级一级慢慢熬;要么不择手段,通过攀附关系拼命往上爬。如果当下的现实手段

---

① 九品中正制是中国封建社会三大选官制度之一。其大体是指由各州郡分别推选大中正一人,大中正再产生小中正。中正就是品评人才的官职名称。大、小中正产生后,由中央分发一种人才调查表,将人才分为九等:上上、上中、上下、中上、中中、中下、下上、下中、下下。此表由各地大、小中正登记,详记年藉各项,分别品第,并加评语。

② 赵翼. 廿二史札记[M]. 上海:上海古籍出版社,2011.

③ 士族制度是三国、两晋、南北朝时期特有的历史现象,它的特点是按门第等级区别士族同庶族在政治、经济、文化上的不同地位。

## 第四章
## 贾雨村转型走捷径

不能改变阶层，那么最现实的做法就是在现有阶层基础上向更高阶层爬，把自己的圈子混得更加高端。贾雨村选择了对自己的阶层进行跨越。这条路就是通过贾府的关系慢慢出人头地，这样可以把官越做越大；当贾府走下坡路的时候，再择其他更大的靠山去实现改变阶层的抱负。贾雨村是把自己混成那个阶层、那个圈子里的人，所以他必须非常会用手段。

阶层固化可能会到什么样的程度？最怕的就是社会现实和制度上的固化。范文澜在《中国通史简编》①中写道："元朝统治者把各民族人民划分为四个等级。蒙古人为第一等，色目人为第二等，汉人（北方的包括契丹和女真）为第三等，南人（南宋统治下的江南人民）为第四等。不同等级的民族在政治上、法律上享有不同的待遇，权利和义务都极不平等。"历史证明，这样极端固化的社会阶层，让矛盾更加集中爆发，把阶层、民族的矛盾激化得更快，也加快了元朝的灭亡。

印度有这样一种种姓制度，这是以血统论为基础的社会体系，已经具有三千多年历史。这一制度将人分为四个等级：第一等级为婆罗门，第二等级为刹帝利，第三等级为吠舍，第四等级为首陀罗。还有一个不在等级内的"贱民"叫达利特。这是将阶层按照血统（是否为雅利安人）进行了区分。姓氏是人一生下来

---

① 范文澜. 中国通史简编 [M]. 北京：商务印书馆，2010.

就带着的。低种姓与高种姓之间不能通婚，更为关键的是，职业、教育机会方面已经被限制住，所以，这种种姓制度是贫穷、不平等的一个深刻根源。

阶层的固化，使得有能力的人、有一定社会地位的人能够优先支配社会资源。明代思想家王夫之在《读通鉴论·卷一 秦始皇》中说道："古者诸侯世国，而后士大夫缘之以世官，势所必滥也。士之子恒为士，农之子恒为农，而天之生才也无择，则士有顽而农有秀；秀不能终屈于顽，而相乘以兴，又势所必激也。"

"士有顽而农有秀"，指的是士大夫官僚阶层，属于世卿世禄制，他们的阶层里有不合格、不称职的人，却依然是士大夫阶层；而农人阶层中有优秀的人，让他们在官僚阶层可能更加合适更加称职，但他们永远在底层，这样长期下去的结果是有一天形成剧烈的社会变动，即所谓"王侯将相宁有种乎"的暴力变动。社会积累动荡的成本仍然由普通老百姓来承担，而且承担得更多。

在稳定的社会条件下，社会阶层固化使得精英阶层和普通阶层的流动速度放慢，甚至很难流动。优良的社会资源在上流社会，在精英阶层手中，这时会带领整个社会向良性发展。如果资源在上层社会，但不掌握在精英阶层手中，就容易产生问题。如果普通阶层中的精英想通过努力到达社会上层或更高层，但他们经过很长时间努力都很难到达，有抱负有野心的人如贾雨村、祁

# 第四章
## 贾雨村转型走捷径

同伟之流，就会不择手段，削尖脑袋钻营。如果站在道德制高点来批评想突破阶层的投机者，可能过于苛刻，因为对于一个能力出众又想改变固化阶层命运的人来讲，当一个社会留给他们的渠道越来越少的时候，他们想改变自己在社会的上升速度，就要在可供上升的渠道被封住之前尽快穷尽手段努力争取，而这往往无可厚非。因为社会阶层固化后，要想打破就非常难。一个良性社会的运行，必须有一个能经常稀释固化阶层的可能，这种可能，在中国古代就是通过科举考试来改变命运。

## 第四节

# 读书能否改变命运

《红楼梦》中,贾雨村家道中落后,他想到通过举业晋升改变命运。经过甄士隐的资助,他果然高中并考取了进士,升任了知府。此时的贾雨村是没有任何背景的,也还没有找到靠山。科举制从隋唐制度化开始,到宋代兴盛(活字印刷术的传播大大促进了书籍的印刷,从而推广了阅读)。通过科举制度,进入社会高层或精英阶层,为普通人打开了一个通道,所以就出现了"朝为田舍郎,暮登天子堂""十载学成文武艺,今朝货与帝王家"的文人集团。

南宋绍兴八年(1138年),当时的福建莆田人到临安参加科举考试,结果莆田有14人金榜题名。其中,状元是黄公度,探花是陈俊卿。宋高宗见莆田这么多人上榜,且状元、探花都是莆田人,便问他们二人:"卿土何奇?"黄公度答:"披锦黄雀美,通印子鱼肥。"陈俊卿答:"地瘦栽松柏,家贫子读书。"宋高宗听后评价:"公度不如卿。"

陈俊卿的回答得到宋高宗的认可,之所以这样,是因为陈俊

## 第四章
### 贾雨村转型走捷径

卿的答复切中了宋高宗的心思，那就是在封建时期，社会底层的人要想取得真正的成功，就要参加科举考试。所以，贾雨村的家族就算到了末世，也仍然有一个翻身的筹码，就是通过参加科举考试来改变自身命运，以致改变家族的命运。

要参加科举考试，读书就是必然经历的过程，"学而优则仕"是儒家的传统。那么读书能改变命运吗？到今天仍然有意义吗？

读书当然是可以改变命运的，从制度设立那时代起，至今已经一千四百多年，考试依然是选拔人才的最重要方式，而且国家也在不断完善考试选拔的方式。尽管考试有一定的弊端，但是考试所体现的公平性仍然很明显。对普通人而言，读书改变命运依然是最可靠的途径！

如果把视角放在贾府及其周围的小家庭，就会发现，对他们而言，读书和不读书没有什么区别，因为他们只要继承家业就可以有生活的保障，可以衣食无忧。但是，他们可曾想过，自己能全盘接下这样的家业吗？正是因为接不了、经营不了，家族才慢慢衰败下去，很难翻身。没有能力的子孙们，随之而衰落就不足为奇了。

# 第五章

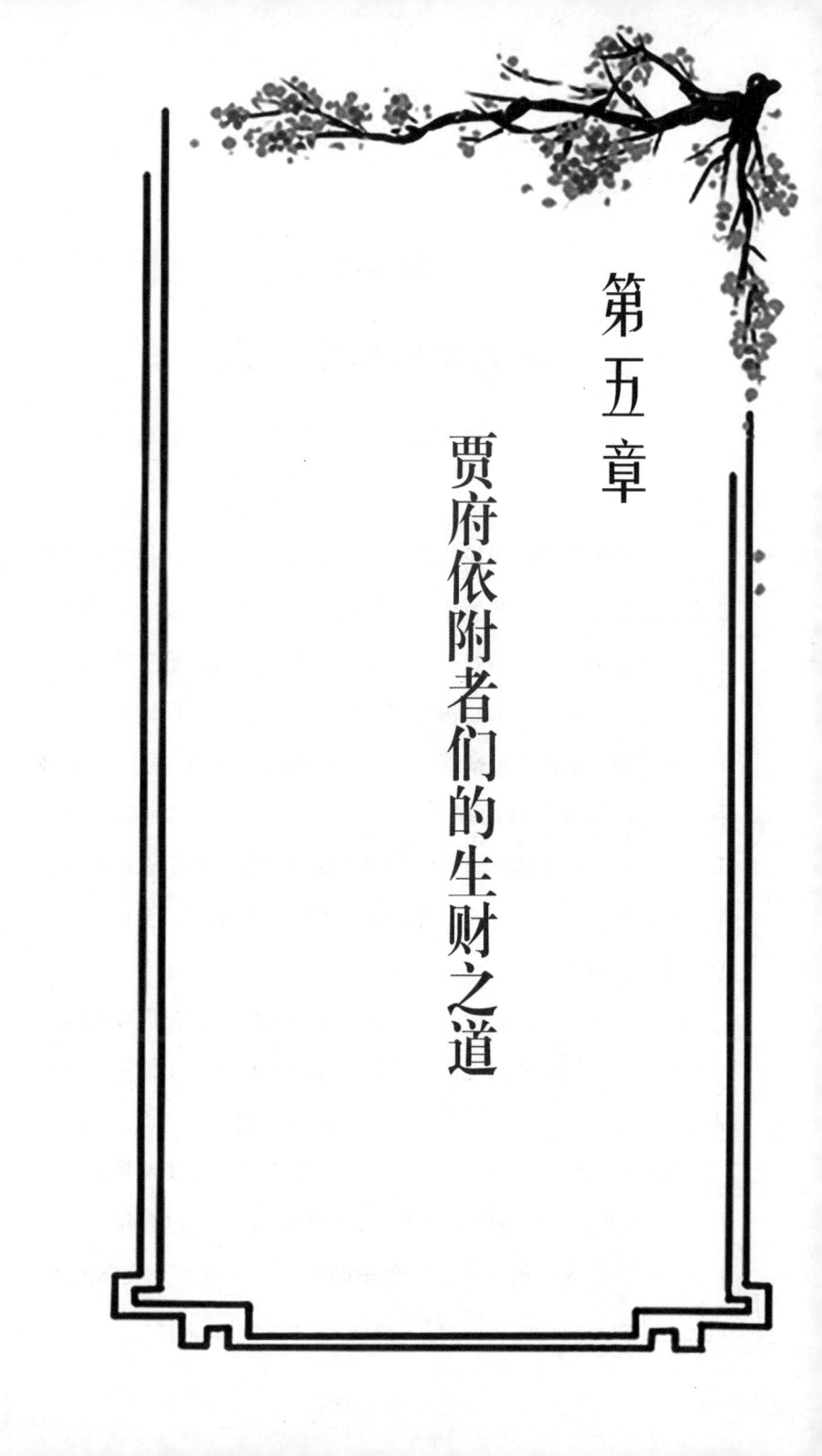

## 贾府依附者们的生财之道

## 第一节

## 赖大家庭殷实之道

赖大是荣国府的现任管家,他是荣国府的世仆,他的母亲赖嬷嬷是侍奉过贾府长辈的仆人,资格比较老。贾母要给王熙凤过生日,凑个小趣,就学着小户人家的样子,凑份子给王熙凤过生日,还请女眷的亲友来,赖大的妈妈也来了。"贾母忙命拿了几个小杌子来,给赖大母亲等几个年高有体面的妈妈坐了。贾府风俗,年高伏侍过父母的家人,比年轻的主子还有体面,所以尤氏、凤姐儿等只管地下站着,那赖大的母亲等三四个老妈妈告个罪,都坐在小杌子上了。"(第四十三回《闲取乐偶攒金庆寿　不了情暂撮土为香》)

由此可见,赖嬷嬷在贾府是有一定地位的。就连周瑞的儿子犯了错,也是赖嬷嬷去说情,王熙凤才没有把他赶出园子,这就是明证。

赖大的儿子赖尚荣捐了一个县官,赖嬷嬷来请王熙凤时,说道:"哥哥儿,你别说你是官儿了,横行霸道的!你今年活了三十岁,虽然是人家的奴才,一落娘胎胞,主子恩典,放你出来,

## 第五章
### 贾府依附者们的生财之道

上托着主子的洪福,下托着你老子娘,也是公子哥儿似的读书认字,也是丫头、老婆、奶子捧凤凰似的,长了这么大。你哪里知道那'奴才'两个字是怎么写的!只知道享福,也不知道你爷爷和你老子受的那苦恼,熬了两三辈子,好容易挣出你这么个东西来。从小三灾八难,花的银子也照样打出你这么个银人儿来了。到二十岁上,又蒙主子的恩典,许你捐个前程在身上。你看那正根正苗的忍饥挨饿的要多少?你一个奴才秧子,仔细折了福!如今乐了十年,不知怎么弄神弄鬼的,求了主子,又选了出来。州县的官儿虽小,事情却大,为那一州的州官,就是那一方的父母。你不安分守己,尽忠报国,孝敬主子,只怕天也不容你。"赖嬷嬷给王熙凤举了这样一个例子。(第四十五回《金兰契互剖金兰语　风雨夕闷制风雨词》)

赖嬷嬷说出了赖尚荣读书并捐官的经过以及赖家在贾府当仆人的艰辛,指出了"熬了两三辈子"才有现在的结果,同时指出赖尚荣的成长是"公子哥儿似的读书认字,也是丫头、老婆、奶子捧凤凰似的"。由此可见,赖大作为荣国府的管家,有不菲的收入,从另外两件小事也可见一斑。

第一件是给王熙凤过生日的事。为给王熙凤凑份子钱过生日,贾母给了二十两银子,薛姨妈也给二十两银子,王夫人、邢夫人每人给十六两银子,李纨、尤氏各给十二两银子。赖大的母亲说:"少奶奶们十二两,我们自然也该矮一等了。"贾母听后,说道："这使不得。你们虽该矮一等，我知道你们这几个都是财主，分位虽低，钱却比他们多，应该同他们一例才使得（十六两银子）。"由此可见，贾母对赖大的家底是很清楚的。

第二件就是花园的事。探春与赖大家的女儿聊天，看到赖大家的园子比荣国府的大观园小一半左右，才知道里面的东西是值钱的。荣国府大观园里元春省亲的别院，既体现了皇家亲戚之尊，也有贾府功勋政治家庭的背景。

从这两件事可以看出，赖大家通过至少两代人苦熬当奴才，已经基本积累了足够资本。所以，在贾政有困难向他借钱的时候，赖尚荣只借了五十两银子。通过这件事，他知道贾府即将慢慢倒下，而赖大的家业逐渐强大，已经不需要再靠贾府所谓"恩典"，这样，就算得罪贾府也没什么大不了。

赖大的家产到底是怎么来的，《红楼梦》没有给我们答案，这需要自己寻找。无非就是经营贾府的时候，赖大主要考虑经营好自家口袋，而亏损、犯法之事都由贾府来负责。让自家口袋鼓起来逐渐积累出殷实的家底，挣够钱就可以慢慢脱离与贾府的关系，这是再正常不过了。

# 第五章
## 贾府依附者们的生财之道

### 第二节
### 贾府仆人发迹例选

《红楼梦》中,赖大家是贾府的世仆,周瑞两口子是王夫人的陪房,也就是说,周瑞两口子都是随王夫人陪嫁过来而进入贾府的。"我们男的(周瑞)只管春秋两季地租子,闲时只带着小爷们出门子就完了,我(周瑞家的)只管跟太太奶奶们出门的事。"(第六回《贾宝玉初试云雨情 刘姥姥一进荣国府》)这两口子是在王夫人庇护下在贾府做事的,职责比较固定。他们的儿子也在贾府做事,是在王熙凤过生日时喝酒闹事而被赶出去的。经过赖嬷嬷求情,王熙凤才只是打了他板子,放了他一马。周瑞的女婿冷子兴经营古董行,因为与人争执而请贾府出面,具体还是由冷子兴的老婆先求她母亲周瑞家的,周瑞家的再求王熙凤解决。他们的干儿子因为在宁国府打架而被赶出去,怀恨在心的他引强盗来盗窃荣国府,被包勇一棍子打下房摔死了,周瑞也被贾政捆绑起来送官。周瑞两口子在贾府没有特别多机会挣到丰厚的家底,这一方面,是由于周瑞两口子到贾府的日子不长,远远不如赖大;另一方面,也是更关键的,周瑞两口子经手的事都很难挖掘发财的空间。虽然也经常有争买田地的时候，他们家里也有小丫鬟伺候（不一定是贾府的丫鬟带到自己家里），但家底还是远远不如赖大。

林之孝和林之孝家的同样是贾府的管家，林之孝管理田产和收支账目同样有不少收益，却没有像赖大家的那么显摆，他们甚至让女儿红玉进怡红院给宝玉当丫鬟。

既然赖大作为贾府的世仆人，在贾府里面有运作资本的空间，那么贾府的仆人在贾府外面是否也有运作资本的空间呢？答案是有的，李十儿就是一个典型的例子，他也是贾府仆人中典型的恶奴。

贾府中最尊贵的元妃薨逝后，贾政外任江西粮道，带了在京请的幕友，到任后便开始盘查各个属州县的粮米仓库。而"贾政向来作京官，只晓得郎中事务都是一景儿的事情，就是外任，原是学差，也无关于吏治上"，所以，对于地方弊政及其应对方式，他是不知道的。由于贾政坚持不收受馈赠、贿赂等，本来托了人情跟着他到外面发财的这些仆人得不到好处，便集体告假、辞职不干了。一些人当了衣服来开销，有的人离开了，有的人离不开。其中一个看门的叫李十儿，同前来求贾政办事的詹会串通欺瞒贾政，从中作威作福，这为后来贾政被参埋下了伏笔。（第九十九回《守官箴恶奴同破例　阅邸报老舅自担惊》）

一个贾府的恶奴也能作恶多端，而好读书的贾政却对此手足

## 第五章
### 贾府依附者们的生财之道

无措,他反而觉得,由贾府带来的仆人李十儿等负责运作粮道职责范围的事情会比较顺手。贾政读圣贤书,在实践中却迂腐无能。他心中有一定的道德底线,但他手下的奴才没有这样的道德约束,只是奔着发财来的,贪腐违法之事肯定时有发生。贾政不能约束仆人乱来,最后的恶名要由贾府来背,责任却由贾政承担。在操作层面上手段迂腐,在现实中又对付不了小人,读书人都得警戒这样的情况出现。

"老板挣大钱,骨干赚小钱",这是现代社会的共识,当然这是建立在互相信任的基础上的。在贾府亏损一年不如一年的时候,贾府的奴仆还在这挣额外的钱,就非常不近人情了。

## 第三节

# 贾芹和贾芸的依附生活

贾芹和贾芸都是贾府中名字带"草字头"的后辈,他们二人家里情况都不好,都想在贾府谋点事情做,弄点银子。在贾府迎接元妃省亲时,玉皇庙和达摩庵里都有小道士和小沙弥,元妃省亲结束后,贾政要送他们到各庙去。贾芹的母亲周氏是住在后街上的,她来求王熙凤,希望能给贾芹指派一个活做,以便弄点银子花。王熙凤与贾琏商议后,把安排尼姑到家庙去的事情交给贾芹做,每个月从贾府给他支出粮米钱。这样一来,这些人柴米油盐等生活用度的银子都要由贾芹经手,贾芹也就可以弄到一定的银子。

贾芸是贾琏所称的"后廊上五嫂子家的儿子",贾芸找贾琏谋事但没有谋成,后来他想到找王熙凤。可是,谋事不能没有进阶见面之礼。于是,他就去找开香料铺的舅舅卜世仁,想请他赊点冰片麝香,好去讨好凤姐。结果,冰片麝香没有赊到,反而被他舅舅数落了一顿。他舅舅留他吃饭也是假仁假义的,他舅母还故意说让女儿去借钱买面。这无疑是将贾芸羞辱了一顿,气得贾

## 第五章
### 贾府依附者们的生财之道

芸愤愤离开。

无意之中,贾芸遇到了放高利贷的邻居倪二,贾芸对酒醉后的倪二说出来到舅舅家借钱、赊冰片麝香但未果的事情。义气加酒气之下,倪二将放贷收回来的十五两多银子借给贾芸。贾芸买到了冰片麝香,直接就在大门口送给王熙凤以讨好。王熙凤最终将大观园里种树的活派给了贾芸,从贾府支出了两百两银子。贾芸拿了五十两银子买树种树,这样他才开始有事情做。

贾府到了贾芸、贾蓉、贾芹这一代,贾府比较直系的亲房人家都难独自干活养活自己,无论是"住在后街上的"还是"住在后廊上的",都是与贾府血缘比较近的同宗之后。纵观几代人的生活经历明显出现了贫富分化,于是,直系穷亲房对富亲房产生了一定依赖性,至少经济上是如此,有时甚至连买药都要找贾府。比如贾瑞治病时需要人参,贾代儒家里是买不起的;贾瑞死后的丧葬,他家里也是负担不起,而是由族人特别是宁、荣二府出力较多。在物质生活上,已经不得不依赖宁、荣二府了,这是一个客观事实。

就连贾琏的乳母赵嬷嬷,也找到贾琏和王熙凤,希望让自己两个儿子跟着贾蔷去姑苏买女孩子来组织戏班。这样的依附关系是无法避免的,必须恰当处理。一旦处理得不好,贾府之外的亲戚就可能说贾琏他们绝情、忘恩负义,这会使得人情关系紧张起来。

## 第四节

## 乌进孝承租得实惠

贾府的家产有一大部分是庄园经济收入,而给贾府打理田庄的这些人,就带有职业经理人和承包人的性质。除夕之前,乌进孝带着一年给贾府的"收成"来交差,清单如下:

大鹿三十只,獐子五十只,狍子五十只,暹猪二十个,汤羊二十个,龙猪二十个,野猪二十个,家腊猪二十个,野羊二十个,青羊二个,家汤羊二十个,家风羊二十个,鲟鳇鱼二个,各色杂鱼二百斤,活鸡、鸭、鹅各二百只,风鸡、鸭、鹅各二百只,野鸡、兔子各二百对,熊掌二十对,鹿筋二十斤,海参五十斤,鹿舌五十条,牛舌五十条,蛏干二十斤,榛、松、桃、杏瓤各二口袋,大对虾五十对,干虾二百斤,银霜炭上等选用一千斤,中等二千斤,柴炭三万斤,御田胭脂米二石,碧糯五十斛,白糯五十斛,粉粳五十斛,杂色梁谷各五十斛,下用常米一千石,各色干菜一车,外卖梁谷、牲口各项之银,共折银二千五百两。外门下孝敬哥儿姐

## 第五章
### 贾府依附者们的生财之道

儿顽意：活鹿两对，活白兔四对，黑兔四对，活锦鸡两对，西洋鸭两对。（第五十三回《宁国府除夕祭宗祠　荣国府元宵开夜宴》）

贾珍显然已经等不及了，要过年了，所以才说："这个老砍头的今儿才来。"看过清单后，贾珍皱着眉头说："我算定了你至少也有五千两银子来。这够做什么的！如今你们一共只剩了八九个庄子，今年倒有两处报了旱潦，你们又打擂台，真真是叫别过年了。"而乌进孝则叫屈，说他弟弟管理的庄地与贾府也就一百多里的距离，而"他现在管着那府里八处庄地，比爷这边多着几倍，今年也只这些东西来，不过多大二三千两银子，也是有饥荒打呢"。贾珍只好接受了这样的现实。

赖大也好，乌进孝也罢，都是为贾府经营庄园经济的，赖大主要经管贾府内部的事物和进出开支，而乌进孝主要经营贾府的庄园田产。赖大和乌进孝都在把贾府的事情办好的同时，把自己的家也经营得富裕起来。在经营贾府进出开支和庄园经济的具体操作层面上，他们两人实际得到的好处可能超过贾府。但是，风险比贾府小得多，即便有一天贾府因违法犯罪的事情被处罚，赖大和乌进孝受到的打击都会比贾府小。

一个功勋政治家庭请职业经理人来打理自己的家族财产是正常现象。在打理过程中，"公私兼顾"也是可以理解和接受的。

对于操作层面的这些经营者,如果没有个人好处,他们就缺乏经营打理的动力。但是,既然家业交由他们打理,他们在操作过程中弄虚作假也很难避免,薛蟠家族的产业被哄骗就是有力证据。

# 第五章
## 贾府依附者们的生财之道

### 第五节
### 刘姥姥攀亲及其他亲戚的依附

刘姥姥是王成的亲家母,王狗儿的岳母。王成的父亲与王夫人的父亲连过宗,认过亲戚。在王狗儿家庭生活很艰难的时候,王狗儿一家人商量决定,从乡下进到城去拜见王夫人。刘姥姥去贾府打点秋风,就有了认亲戚一事。

话说刘姥姥带了板儿赶早进城去,按照王狗儿的提醒,先找到了周瑞家的,然后央求拜见王夫人。结果发现,现在不是王夫人当家,而是王夫人的内侄女、贾琏的夫人王熙凤当家。所以,就在吃饭的空档,刘姥姥拜见了荣国府当家的王熙凤。王熙凤先是安排刘姥姥吃饭,并请周瑞家的弄清楚两家的关系。王夫人带话来说:"他们家原不是一家子,不过因出一姓,当年又与太老爷在一处做官,偶然连了宗的。这几年来也不大走动。当时他们来一遭,却也没空了他们。今儿既来了瞧瞧我们,是他的好意思,也不可简慢了他。便是有什么说的,叫奶奶裁度着就是了。"刘姥姥说她家道艰难,王熙凤就按照王夫人的意思给了刘姥姥二十两银子,还给了请车的一吊钱,刘姥姥谢过后便带板儿回家。对贾府来说,刘姥姥属

于远亲。(第六回《贾宝玉初试云雨情　刘姥姥一进荣国府》)

在生活困难时期，刘姥姥为了家里仍然愿意不耻来贾府打秋风。刘姥姥与别人不同的是，她不是来贾府看望一次就完事了，而是与贾府真正建立起联系，这种联系带着浓厚的感情，而不是狡猾，这点在她以后报答贾府救巧姐儿时体现了出来。后来，刘姥姥再次来到贾府，带来了枣子倭瓜和野菜来看贾府的太太奶奶们。无意中，贾母因喜欢听积古的人说话，就把刘姥姥留下来住几天，陪着说话，讲些乡野粗鄙故事。刘姥姥也在家宴上"扮丑"，给巧姐儿起名并出主意送祟，赢得了大家的喜爱。这样一来，刘姥姥在贾府住了几天，回家时还得到丰厚的回报，其中就包括大观园的果子蔬菜、粳米，包括绸缎、衣服，包括王熙凤和王夫人的一百零八两银子，贾母提到的点心、药丸，以及贾宝玉送的成窑的盅子等。(第三十九回《村姥姥是信口开河　情哥哥偏寻根究底》)

这种攀亲现象，不止贾府一家的亲戚，薛姨妈也与贾府紧密联系在一起，如果说薛家是有资本的话，那么薛宝钗的堂妹薛宝琴、堂弟薛蝌来贾府也是一种依靠；邢夫人的兄嫂带着女儿邢岫烟投奔过来也是这样的性质；同样的还有李纨的寡嫂李婶娘带着女儿李纹、李绮投奔李纨。贾府的富贵已极，贾府的开销也可能是他们生存的一个依靠。包括宁国府尤氏的母亲尤老娘、尤二姐、尤三姐都有投靠富贵人家生存的需要。在这样的情况下，亲戚来认亲、投奔，是因为贾府的人并不刻薄，比较有人情味。

# 第六章 贾府丫鬟们的挣扎

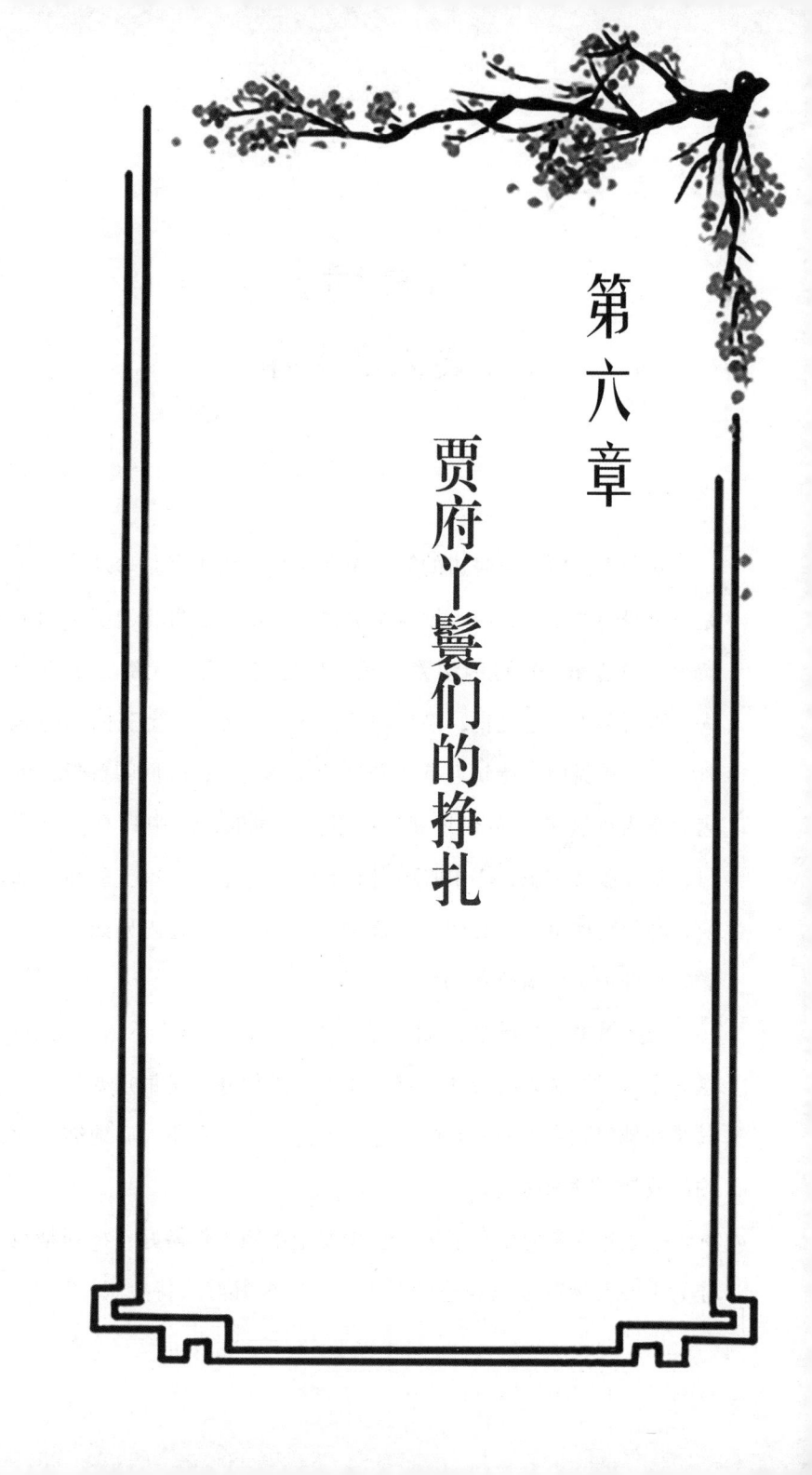

## 第一节

## 袭人之生存

花袭人是贾宝玉身边的第一个大丫鬟,她本名是珍珠,原先是贾母身边的丫鬟,因为做事可靠体贴,所以贾母将她指派到了贾宝玉身边来。贾母因溺爱宝玉,生恐宝玉之婢无竭力尽忠之人,素喜袭人心地纯良,恪尽职任,遂与了宝玉。宝玉因知她本姓花,又曾见旧人诗句上有"花气袭人"之句,遂回明贾母,更名为袭人。这袭人亦有些痴处:服侍贾母时,心中只有一个贾母;如今服侍宝玉,心中眼中又只有一个宝玉。只因宝玉性情乖僻,每每规谏宝玉,心中着实忧郁。(第三回《托内兄如海酬训教　接外孙贾母惜孤女》)

袭人被家人卖给贾府后,她是去做伺候人的活还是干粗活,这完全可以由袭人的秉性决定。袭人的外貌并不是最重要的,尤其是在她当贴身丫鬟的时候,是贾母这个外因和袭人心地纯良的内因改变了她的命运。

袭人想在贾府生存下去,至少要把本职工作做好,特别是她作为重要人物贾宝玉身边的丫鬟,更加要好好服侍宝玉。当然,

## 第六章
### 贾府丫鬟们的挣扎

女工手艺也是她生存下去的技能。贾府的丫鬟,到了一定的年龄,要么就放出去让她们嫁人,要么就配给家里的男仆人,这是丫鬟的一般命运。贾府的姑娘们也是这样的命运,嫁人是她们的归宿,只是嫁给谁的问题。

按照贾府的惯例,身边的丫鬟,会留一两个在男性公子身边,不能作为夫人,但能作为妾,也就是姨娘,这是贾府丫鬟能争取到留在这个贵族家庭的最高地位。所以,从现实需要考虑,一个丫鬟也要努力争取这个位置。

袭人没有娘家的后台背景,就只有靠自己争取上位。正房夫人是争取不到的了,能够争取到姨娘的位置也算不错了。要争取到当姨娘,除了长大后的外貌、人品,从家庭角度上讲,还包括对公子哥衣食起居的照顾。从服侍公子哥开始培养的情感,往往也是照顾服侍和配角的位置,如贾政妾赵姨娘和周姨娘、贾琏的准妾平儿,都是这样走过来的。

袭人要争取到姨娘这样的地位,至少要在四方面得到认可,分别是家族长辈、贾宝玉、贾宝玉的准夫人、贾府的众丫鬟婆子。

第一,家族长辈的认可,最关键的是贾宝玉的母亲王夫人的认可。贾母隔了一层,虽然有权威,但是她不太好直接处理孙子的事情,更何况王夫人有主见。所以,袭人服侍宝玉,就要时刻站在王夫人的立场来处理宝玉的一切事情,这是至关重要的。袭人经常给王夫人请示汇报，而王夫人也投桃报李地按照姨娘的标准给袭人发放份例银子，并交代王熙凤办妥。虽然王熙凤在贾府是嫂子，但在王家就是贾宝玉的表姐，王熙凤依然要作为家长考虑对待袭人的分量。袭人的母亲去世后，袭人回家奔丧时，是王熙凤亲自给袭人安排准姨娘的派头的，以体现贾府的气派，并表明贾府家长层面对袭人的认同。

第二，贾宝玉的认可。这里面有一个青春期性启蒙的问题，就是贾宝玉与袭人的肌肤之亲。贾宝玉是在梦中警幻仙子的警示启发下出现了青春期的性萌动，他第一次遗精被袭人换中衣（男性的贴身衣裤）时发现了。在袭人的追问下，贾宝玉告诉了袭人梦境的过程，"羞得袭人掩面伏身而笑"，而"宝玉亦素喜袭人柔媚娇俏，遂强袭人同领警幻所训云雨之事。袭人素知贾母已将自己与了宝玉的，今便如此，亦不为越礼，遂和宝玉偷试一番，幸无人撞见。自此宝玉视袭人更与别个不同，袭人待宝玉更为尽职。"这么来看，贾宝玉算是认同袭人了。（第六回《贾宝玉初试云雨情　刘姥姥一进荣国府》）

当袭人的哥哥花子芳提出要把袭人赎出贾府时，袭人哭泣着反抗与拒绝。贾宝玉在宁府听戏觉得没有意思，因为袭人几天不见了，要茗烟带他到袭人家去看袭人。这样的表态让花子芳和他的母亲没有了赎袭人之心。回来后，袭人告诉贾宝玉家里要赎她的时候，她对贾宝玉不舍。她还同宝玉谈了三件事，如果宝玉答

## 第六章
### 贾府丫鬟们的挣扎

应,她就留下来:第一,不能随意赌咒发誓,动不动就要说自己去死;第二,要上进读书;第三,不能毁僧谤道,调脂弄粉。"你若果都依了,就拿八人轿也抬不出我去了。"这是宝玉对她的依赖性认同,这里面既有青春的性朦胧,也有感情上对袭人的认可。(第十九回《情切切良宵花解语 意绵绵静日玉生香》)

第三,贾宝玉的准夫人的认可。贾宝玉未来的夫人是贾府未来的主人,就是要从贾母和王夫人对贾宝玉婚姻的关注点看。贾母倾向于林黛玉,因为林黛玉同贾宝玉是姑表亲,加上女儿贾敏已死,所以贾母偏向让林黛玉做孙子媳妇。但在前期假定性设计上,王夫人则倾向于让薛宝钗做儿媳妇,这个是妹妹的女儿,贾宝玉同薛宝钗是姨表亲。薛宝钗对袭人是比较认同的,无论做事还是处事都对袭人深以为叹。林黛玉则直接开口对袭人说把袭人当嫂子看待,是不是有小矛盾,需要她们去说和说和,这当中也包括史湘云和探春等。

比如,林黛玉笑道:"大节下怎么好好的哭起来?难道是为争粽子吃,争恼了不成?"宝玉和袭人嗤的一笑。黛玉道:"二哥哥不告诉我,我问你就知道了。"一面说,一面拍着袭人的肩,笑道。"好嫂子,你告诉我。必定是你两个拌了嘴了。告诉妹妹,替你们和劝和劝。"袭人推她道:"林姑娘,你闹什么!我们一个丫头,姑娘只是混说。"黛玉笑道:"你说你是丫头,我只拿你当嫂子待。"(第三十一回《撕扇子作千金一笑 因麒

麟伏白首双星》）

第四，贾府的众丫鬟婆子的认可。袭人的行事处事是谨慎小心的，日常的付出也是有目共睹的。当王夫人把袭人的份例银子给成二两银子时（按照与赵姨娘、周姨娘一样的标准），其他丫鬟甚至讽刺地说她是"西洋花点子哈巴儿"，认为是她讨好来的。而怡红院的丫鬟佳蕙说过"就是袭人得十分儿也不恼她，原该的。说良心话，谁还敢比她呢？别说她素日殷勤小心，就是不殷勤小心，也拼不得"。这虽仅是小丫鬟的说法，但也是有一定参考价值的。

从一个被卖掉"死契"的丫鬟的角度讲，只要有机会，她都想出人头地。一个意识到自己有价值的人，都想再努力一下，这是正常的追求。要生存就得在有限的条件下学会生存之道，这是基本的活法。

# 第六章
## 贾府丫鬟们的挣扎

### ❖ 第二节 ❖
# 晴雯之淘汰

晴雯原系赖大买来孝敬贾母的丫鬟，贾母见她模样言谈、针线女工均为人所不能及，所以将她给了宝玉使唤。晴雯在怡红院是一个很有个性的女性。论模样，贾宝玉四个贴身丫鬟中，晴雯是第一的；论针线女工，仅她补的孔雀裘就达到外面裁缝都无法完成的高水平。所以说，晴雯在外表和技能方面都是拔得头筹的，但晴雯还是落得被赶出贾府的结局，甚至在悲凄中死亡。贾宝玉认为她化作了花神，专门为她写了《芙蓉女儿诔》祭奠。

晴雯是贾府丫鬟里最有个性的一个，这虽然与宝玉纵容她有关，但主要还是晴雯本人的性格如此。有这么几件事显出她的率真个性——撕扇子、补孔雀裘、撵走坠儿、抵抗大观园的内部查抄。

且说端午节家宴过后，宝玉回房间有点闷闷不乐，晴雯帮他换衣服的时候，不小心把扇子失手弄掉在地上，将扇股跌折了，宝玉因此叹道："蠢才，蠢才！将来怎么样？明日你自己当家立事，难道也是这么顾前不顾后的？"

此时的晴雯没有选择沉默，而是反过来顶宝玉。晴雯冷笑道:"二爷近来气大得很,行动就给脸子瞧。前儿连袭人都打了,今儿又来寻我们的不是。要踢要打凭爷去。就是跌了扇子,也是平常的事。先时连那么样的玻璃缸、玛瑙碗,不知弄坏了多少,也没见个大气儿,这会子一把扇子就这么着了!何苦来!要嫌我们,就打发我们,再挑好的使。好离好散的倒不好?"宝玉听了这些话,气得浑身颤抖,说道:"你不用忙,将来有散的日子。"虽然说最后宝玉提出要回禀王夫人,把晴雯放出去,经过袭人、碧痕、秋纹等丫鬟下跪求情,他才没有去找王夫人。这些都是气头上的话,但可见晴雯是可以同宝玉顶着干的,这也是宝玉宠溺她的结果。

晚间,宝玉散席回来,带着几分酒意,把院中塌上乘凉的人误以为是袭人,问她疼的好些了没(宝玉误踢)。原来那是晴雯。晴雯言语相激下,宝玉千金难买一笑,索性让碧痕抱了扇子来,让晴雯撕开听响声,让她撒气痛快一回。(第三十一回《撕扇子作千金一笑　因麒麟伏白首双星》)

宝玉因为偷听了平儿与麝月的对话,知道"虾须镯"是坠儿所偷并告诉了晴雯。宝玉外出,袭人不在,晴雯逮到了坠儿,并用一丈青戳了坠儿的手,在宝玉、袭人都不知道的情况下,晴雯叫宋嬷嬷进来,说是因为坠儿很懒,让她母亲把带她走,就这样自作主张地把坠儿撵了出去。越过宝玉、袭人,自作主张地处理坠儿,晴雯违背了贾府的规矩,难免被人在王夫人、邢夫人面前

## 第六章
### 贾府丫鬟们的挣扎

讲她坏话，不利于她在贾府的生存。

宝玉回来后，由于不小心，贾母给他的孔雀裘的衣襟被灯火烧去一块。贾母如果知道此事，虽然不会责罚，但难免伤心，所以宝玉急得直跺脚，悄悄地把孔雀裘带去外面缝补，外面的裁缝师傅没有见过这种手艺，不敢揽承这个活，只好又带进来。而晴雯在带病的情况下，将孔雀裘烧掉的一块用线缝补好了，可见晴雯对宝玉是一片赤诚。（第五十二回《俏平儿情掩虾须镯　勇晴雯病补雀金裘》)

晴雯个性鲜明，所以容易被人抓把柄，如果她懂得收敛锋芒，不让矛盾激化，可能就没有那么快被撵出大观园。绣春囊的事情后，王夫人决定进行一次突击检查，以查赌为名，从大观园的丫鬟们查起。因为晴雯平时不大待见王善保家的，所以在查抄怡红院的时候，王善保家的跟王夫人提出第一个要查的就是晴雯。晴雯被叫到王熙凤房中，王夫人斥问她服侍的事情，晴雯知道事情难缠，也巧妙地回答了王夫人的责问，并忍辱回到怡红院。但后来，王善保家的又提议王夫人晚上关门后再查一次，门关了更加保险，除了可查抄上夜的婆子，还优先查怡红院，这次是以丢东西为名进行的。这很明显是有针对性的，宝玉房中其他丫鬟都查了，晴雯则自己打开箱子，抓住箱子，一股脑地倒出箱中物品，没有查到其他东西，王熙凤等人只好离去。这是一次无声的反抗与顶撞，晴雯在这次查抄中的表现让其他与她有矛盾的

人更加恨她。(第七十四回《惑奸谗抄检大观园　矢孤介杜绝宁国府》)

　　查抄大观园后，王夫人恼羞，王善保家的以及有人和她不睦的，把一些话告知王夫人。王夫人亲自到怡红院查阅后，晴雯、蕙香（四儿）、芳官被从怡红院撵出去。而晴雯是赖大买去自己家的，因为跟着赖嬷嬷常来见贾母，贾母喜欢她，赖大就将她送来孝敬贾母。赖大家的把晴雯的舅哥多浑虫也收了进来做饭，所以晴雯被赶出去后就落在多浑虫家里，宝玉偷偷来看了她一次，晴雯后来就病死了。(第七十七回《俏丫鬟抱屈夭风流　美优伶斩情归水月》)

　　在宝玉身边的丫鬟里，晴雯属于那种无论在女工方面还是在模样上都比较出众的。但是，晴雯最终还是难逃被王夫人赶出来甚至惨死于其表兄家里的命运。从能力的角度看，或者从美貌和智慧上看，晴雯是比较优秀的，但她的处事方法很值得商榷。作为宝玉身边一个贴身丫鬟，晴雯也有姨娘梦，想同宝玉长相厮守。但是，如果仅仅是宝玉喜欢的一个丫鬟，她就能这样不懂规矩、越级处事，那么贾府会认这样的人做姨娘吗？

　　按照社会经验，答案是不会的。这其中不仅是她越级处理事情不妥的问题，还在于当她小权在手时，就杀出大权在握的威风来，盛气凌人。这在职场上也是比较忌讳的，值得深思。

# 第六章
## 贾府丫鬟们的挣扎

### 第三节

## 司棋和鸳鸯之死

司棋是迎春的丫鬟，王夫人查抄大观园时查出了她表哥的信件，而带头查抄的偏偏是她的外婆王善保家的。司棋成了第一个被撵出去的人，关键的是，绣春囊是司棋和她表哥的。那天晚上，鸳鸯到后面石山去，虽然是晚上，但仅凭红色的裙子衣服，鸳鸯就判断出是迎春房里的司棋。鸳鸯只当她和别的女孩子也在这里方便，见自己来了，故意藏躲恐吓着玩，因变笑叫道："司棋，你不快出来！吓着我，我就喊起来，当贼拿了。这么大丫头了，没个黑家白日的只管玩不够。"这本是鸳鸯的戏语，叫她出来。结果鸳鸯竟看到司棋和她的表兄潘又安从石头后面出来。两个人给鸳鸯磕头如捣蒜，司棋求鸳鸯："我们的性命都在姐姐身上，只求姐姐超生要紧。"鸳鸯也保证："你放心，我横竖不告诉一人就是了。"（第七十一回《嫌隙人有心生嫌隙　鸳鸯女无意遇鸳鸯》）

鸳鸯虽然给了司棋这样的许诺，但遗落在石头后面的绣春囊被傻大姐捡到后，邢夫人拿到了转给王夫人，这多少让王夫人难堪。就是这样,王夫人才有了查抄大观园的计划,具体是由王熙凤带领管家媳妇们去执行,邢夫人的心腹王善保家的随行,也起监督的作用。没想到的是,在查迎春房间的丫鬟时,查到了司棋表哥潘又安的鞋袜以及信件,所以,司棋被赶了出来。(第七十四回《惑奸谗抄检大观园　矢孤介杜绝宁国府》)

司棋在迎春房里是领头的丫鬟,在丫鬟里有一定地位。因为鸡蛋羹的事情,迎春带着小丫鬟们把厨房的柳嫂闹腾了一回,她是贾府婆子和下人口中的"二层主子"。(第六十一回《投鼠忌器宝玉瞒赃　判冤决狱平儿行权》)

司棋的母亲打发人给王熙凤请安,没有先去王夫人处,而是直接到了王熙凤处。是司棋的母亲求王熙凤,司棋被赶出去后还和母亲争执,司棋说:"一个女人配一个男人,我一时失脚上了他的当,我就是他的人了,决不肯再失身给别人的。我恨他为什么这样胆小,一人做事一人当,为什么要逃!就是他一辈子不来了,我也一辈子不嫁人的。妈要给我配人,我原拼着一死的。今儿他来了,妈问他怎么样。若是他不改心,我在妈跟前磕了头,只当是我死了,他到哪里,我跟到哪里,就是讨饭吃也是愿意的。"司棋的母亲气得不得了,便哭着骂着说:"你是我的女儿,我偏不给他,你敢怎么着?"哪知司棋糊涂,便一头撞在墙上,把脑袋撞破,鲜血直流,竟死了。他的表哥则是挣钱去了,买了两口棺材来,自杀殉情了。(第九十二回《评女传巧姐慕贤良

## 第六章
## 贾府丫鬟们的挣扎

玩母珠贾政参聚散》)

司棋是有家可归的,但是司棋处理这个事情也是太激烈了。她的死,更多是出于对婚姻不能自主的悲伤。

鸳鸯是贾府世代为奴婢的家生子,也就是作为贾府奴才的子女继续在贾府当奴才,她主要服侍贾母的衣食起居。贾府的贾赦偏看上鸳鸯,要鸳鸯做妾姬。贾赦让他的老婆邢夫人来说媒,而邢夫人同王熙凤商量,被王熙凤婉转拒绝。邢夫人拿出婆婆的权威来压王熙凤。无奈之下,王熙凤只好让邢夫人先去谈,还找了鸳鸯的嫂子来说,被鸳鸯当着平儿和袭人的面臭骂一顿。邢夫人再次说时,鸳鸯还是不动心。贾赦只得让鸳鸯的兄长金文翔和她嫂子把鸳鸯接到家里施压。鸳鸯回到贾府,情急之下在贾母面前哭诉,并用剪刀剪掉头发,表明誓死不随的态度。(第四十六回《尴尬人难免尴尬事　鸳鸯女誓绝鸳鸯偶》)

贾母知道后震怒,先是狠批了王夫人,再批邢夫人,并婉转地说,要把鸳鸯给贾琏去,看贾赦怎么办。鸳鸯在贾母的庇护下暂时躲过了这一关,但贾赦的威胁是一直存在的,所以,贾母死后,鸳鸯就失去庇护者,这样的境况下,她宁愿上吊自杀。鸳鸯之死在于被逼迫,她是贾府的世代奴婢,无处可逃,不愿意从命的话就只得以死抗之。(第一百一十一回《鸳鸯女殉主登太虚　狗彘奴欺天招伙盗》)

## 第四节

## 丫鬟为什么怕被撵

《红楼梦》中多次有丫鬟被撵的事,小丫鬟如茜雪、蕙香(四儿)、坠儿,大丫鬟如金钏、司棋、晴雯。无论这些丫鬟背景如何,被撵出去后,若生活有保障还好,如果没有,那她们的命运会非常悲惨。在书中,没有用多少笔墨来说明小丫鬟们日后的生活,但写到大丫鬟金钏被撵后投井自杀身亡。司棋查抄后被撵,因为同母亲将她许配给人的观念发生冲突,所以与母亲激烈争执后自杀而亡。

晴雯是贾府中被撵的丫鬟,下面详细说一下晴雯被撵。

宝玉踢了袭人之后,因为琐事而斥责了晴雯,晴雯的反驳让宝玉气急无奈,便说,"我回太太去,你也大了,打发你出去好不好?"晴雯听了,不觉又伤心起来,含泪说道:"为什么我出去?要嫌我,变着法儿打发我出去,也不能够。"继续争执下,晴雯哭道:"我多早晚闹着要去了?饶生了气,还拿话压派我。只管去回,我一头碰死了,也不出这门儿。"

晴雯被撵出去后,宝玉偷看晴雯时,"一眼就看到晴雯睡在

## 第六章
### 贾府丫鬟们的挣扎

芦席土炕上，幸而衾褥还是旧日铺的"。晴雯昏迷之后醒来，要喝茶，炉台上虽有个黑沙吊子，却也不像个茶壶。只得桌上去拿了一个碗，也甚大甚粗，不像个茶碗，未到手内，先就闻得油膻之气。宝玉只得拿了来，先拿些水洗了两次，复又用水汕过，方提起沙壶斟了半碗。看时绛红的，也太不成茶。晴雯扶枕道："快给我喝一口罢！这就是茶了。那里比得咱们的茶！"宝玉听说，先自己尝了一尝，并无清香，且无茶味，只一味苦涩，略有茶意而已。尝毕，方递与晴雯。只见晴雯如得了甘露一般，一气都灌下去了。（第七十七回《俏丫鬟抱屈夭风流　美优伶斩情归水月》）

　　这是晴雯被撵出去后在她表兄多浑虫家暂住的情景，她的生活不能得到基本保障，这不是生活是否过得下去的问题，而是能不能活下去的问题。拖着病身的晴雯，已经没有任何挣扎的力气去谈生命的尊严，还有比晴雯的命运更加残酷的情况吗？

　　这些丫鬟本来就由于家里穷苦才被亲生父母卖去做下人的，如果在这些人家都无法生存下去，要被撵，那就是非常严重的惩罚了，可以说将她们陷于绝境。特别是对于从小被卖的丫鬟晴雯，她没有别的方法去抗争，并不是对所有压迫都能选择抗争，也并不是所有抗争都有意义。这样来说，晴雯怎么不怕被撵呢？

## 第五节

# 生存与奴性之辩

《红楼梦》中的丫鬟们，从最终的结果来看，过得最幸福的算是袭人，过得最悲惨的是晴雯、鸳鸯、司棋等，她们甚至牺牲了自己宝贵的生命。从《红楼梦》这部小说诞生以来，就有不少人认为贾府丫鬟有奴性，并站在道德的制高点批判这种奴性。这种批判带入国民"劣根性"批判，并随之成为民族落后的表现，从人性到文化，批判之声到今天仍然没有停下来。那么，从贾府丫鬟们的命运来看，她们是否有"奴性"？从长远历史角度看，一个民族或一个群体是否有"劣根性"，或者说"奴性"，需要看他们的生存状态，才能得出比较可靠的认知。

首先，是人的生活阶层问题。

每个人在一定的群体生活，他所能掌握的物质条件、能够占有的社会地位就决定了他的尊卑贵贱。社会是有阶层性的，人在社会中分三六九等，所以现实生活中，一般是人往高处走，水往低处流。人人都向往社会金字塔的顶端，而不愿困在金字塔底层受践踏折磨，金字塔上层总引导着下层。在一个有秩序的社会

## 第六章
### 贾府丫鬟们的挣扎

里,这是客观存在的现象。

其次,是人的生存问题。

人在社会上是生存第一还是尊严第一?生存是物质性的基本需要,而尊严是有自尊心后才激发的被尊重。可是,从古到今,一个人没有物质支撑,尊严会在什么地方?尊严与活着相比,活着比尊严实在得多,也客观得多。

再次,是人的尊卑贵贱问题。

现在人们总认为要人人平等,但事实上,人一生下来就是不平等的。古今中外,概莫能外地体现出这一点。古语有云:"夫物之不齐,物之情也。"人与人的家庭出身、教育程度、个人秉性及社会生活经历不同,所以,人与人之间,无论物质生活还是精神生活方面都会有很大区别。尊卑贵贱就是一种正常的社会现象,在现实中,人与人的社会差异化是阶层体现,还是社会资源的分配体现呢?

最后,是人的劣根性问题。

劣根性问题是人独有的吗,是人性的黑暗,是人类通性中的黑暗部分,还是人性中丑恶的一部分?比如贪财、冷漠、自私、对生命的践踏等人性的恶。事实上,人性的丑恶不是某个民族特有的,而是作为个体的人的缺点之一。只不过圣贤把自我提升到可以把丑恶部分变得尽量小甚至归零,而将普通人或者小人或者奸人的人性丑恶扩大。

如上所述，我们来探讨一下道德制高点的"奴性批判"和"反抗精神"，并分别对以袭人为代表和晴雯为代表的人物形象进行分析。

对袭人的奴性批判和对晴雯的反抗批判，是比较典型的人物评价方式。一个固有奴性，另一个有反抗精神，这是对于她们的基本判定，在一些知识分子中讨论得很多。平心而论，袭人和晴雯都是贾府从外面买进来的丫鬟，这个出身决定了她们是生存在最底层的弱势群体。她们没有其他条件可以改变命运，也不能有其他追求，只能想办法依靠别人，只有按照贾府的要求，先做好本职工作，再去争取她们的最好结果，即当姨娘。她们不是娜拉①，不可以出走。即便出走，也还是要面对生存问题。

袭人的顺从和晴雯的反抗，为她们带来不同的命运，"道德先生"们（这个只能概说，不能具体）给予当时社会制度无边的黑暗批判。可是想一想，这些"道德先生"有条件读《红楼梦》，能读懂《红楼梦》，是具备一定的社会条件和文字修养的。拥有这样社会条件和文字修养的群体，不是在社会上的弱势群体，也不是在社会阶层上挣扎的底层群体或者一群口袋里领着高额薪水的"道德先生"，批判顺从者的奴性，歌颂反抗者的个性，这是不现实的。

---

① 娜拉，易卜生《玩偶之家》的女主人公，她反抗男权主义和不合理的社会观念，是妇女追求解放和平等的一个象征。

## 第六章
## 贾府丫鬟们的挣扎

　　如果他们口袋里是瘪瘪的，食不果腹，不知道还能不能理直气壮地喊出这样的口号呢？没有现实条件的制约，一味歌颂反抗，到底是把自己放在道德制高点以显示出其道德完美或高尚，还是一种不切实际的道德审判呢？

　　一般人都会选择先保证能活着。如果连活着都不能保证，把生存放在道德天平上去衡量，这样讨论有什么意义？

# 第七章

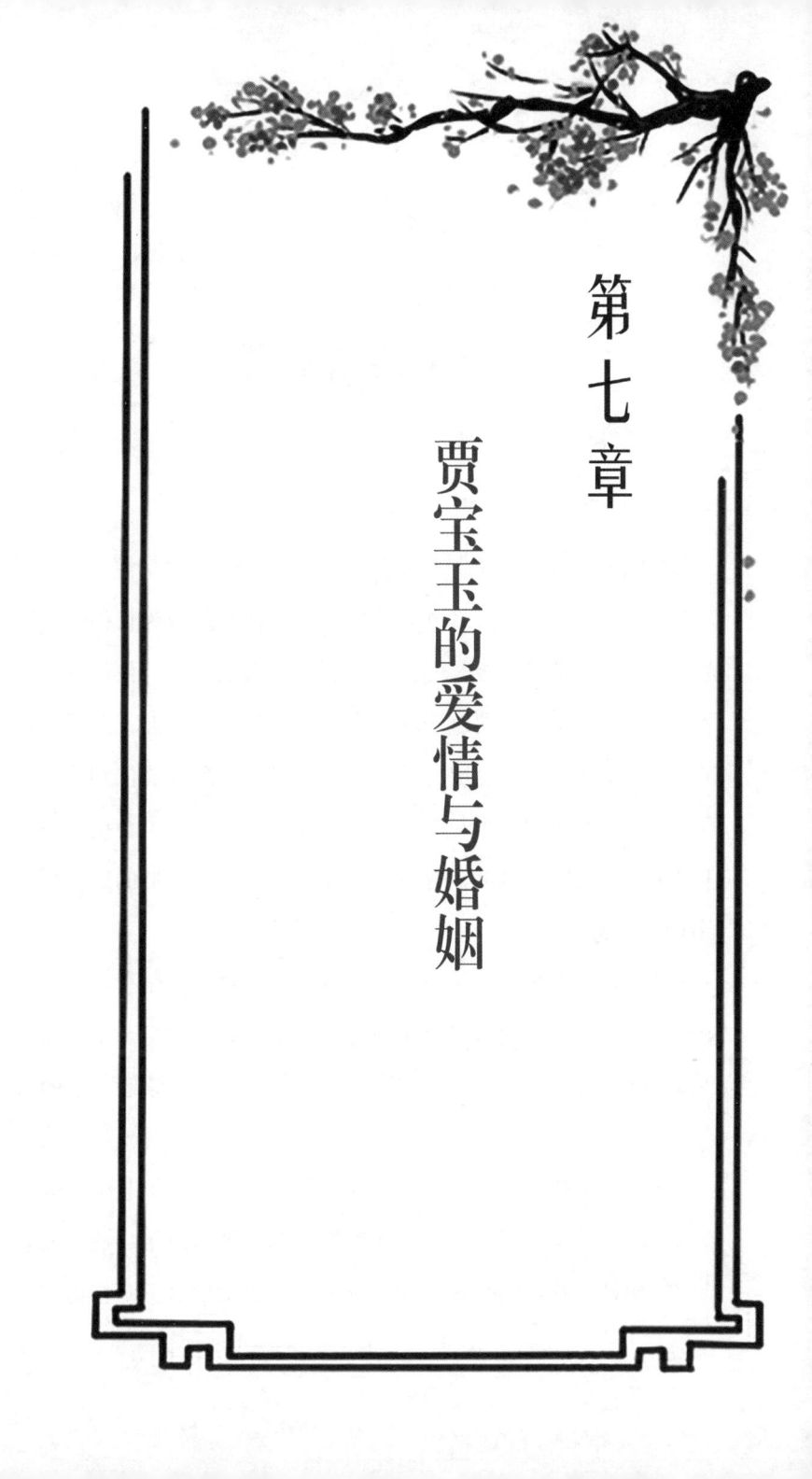

## 贾宝玉的爱情与婚姻

## 第一节

# 贾宝玉的婚姻理想

贾宝玉是贾府"玉"字辈的宠儿,不说人长得如何,仅说他生下来时口里含着玉,就已经够传奇了。贾宝玉因为长得非常灵秀,所以上有贾母超级宠爱,中间有王夫人的疼爱,他经常滚在母亲的怀里。贾府的贾琏娶的又是王夫人的内侄女儿王熙凤,也就是贾宝玉的表姐,这层疼爱更是少不了的。薛姨妈住到荣国府后,又多了姨妈的宠爱。即便在宁国府里,秦可卿也会把她的床让出来给宝玉睡。可见,贾府里的人对宝玉不是一般的宠,而是当凤凰一样宠。

即使贾宝玉集家里的宠爱在一身,贾政对他还是有很高的期望和要求的。集如此多宠爱在一身,宝玉的婚姻就寄予了全家的期待,在这种期待下,贾宝玉的结婚对象就要经得起大家的考验了。

贾母到铁槛寺打醮时,终了真人张法官给宝玉提起婚事并有说媒之意,结果被贾母委婉地往后推,把这件事放了一放。元春给家里姐妹送礼物的时候,意外地把宝玉的结婚对象暗指为薛宝

## 第七章
### 贾宝玉的爱情与婚姻

钗。贾母却在见到了薛宝琴时,要把薛宝琴说给宝玉,只因为薛宝琴已经许了梅翰林家才作罢。

从贾政的角度来看,贾宝玉的婚事还是要缓一缓的,而王夫人已经早有安排,看好了两个准姨娘,袭人是其中之一。从家族角度出发,在那个社会下,不是考虑优生优育,而是考虑亲上加亲,林黛玉和薛宝钗就成为贾府中与贾宝玉的婚姻关系最近的人。

这里还有一个门当户对的问题。贾宝玉是贾公之后,不可能娶一个普通人家的女子。贾琏娶的是王公之后王熙凤,与王夫人也算亲上加亲了;贾珠娶的是国子监祭酒李公之后李纨。那么,贾宝玉娶妻,就限定了是要名门之后,在这点上,薛宝钗和林黛玉都是可以选择的。至于宝玉内心是怎么想的,在那个"父母之命,媒妁之言"的时代,他是没有太多选择的。荣国府中贾琏虽然已婚,但只生了一个巧姐儿。贾珠已经生了一个贾兰,但由于贾珠早逝,基本上就没有新的人丁。所以,宝玉的理想婚姻,就被寄予了贾府(荣国府)的重要期望。

## 第二节

# 贾宝玉与林黛玉的爱情期待

林黛玉的母亲贾敏去世后,她的父亲无法很好照应她,贾母便命人从江南将林黛玉接回,碰巧让盐政林如海家里的授业老师贾雨村一路护送相伴,林黛玉才到了贾府。这就是贾宝玉初见林黛玉。(第三回《托内兄如海酬训教　接外孙贾母惜孤女》)

贾宝玉初见林黛玉时,说"这个妹妹见过",但抛开"木石前盟"的假设,事实上他们事先并没有见过。贾宝玉和林黛玉的亲近之处在于从小一起长大。但是林黛玉由于寄人篱下,性格有点孤僻,也常会使小性子。这在日常小事中可以看出,试举三个例子:

第一个例子,薛姨妈将皇宫用的宫花,通过周瑞家的送了十二支给贾府的人,贾府三个姑娘迎春、探春、惜春各一对,林黛玉一对,王熙凤两对。由于住在家里远近的关系,周瑞家的送的最后一对是给林黛玉的,林黛玉就问周瑞家的:"是单送我一人的,还是别的姑娘们都有呢?"周瑞家的回答:"各位都有了,这两支是姑娘的了。"林黛玉冷笑道:"别人不挑剩下的也不给我。"

## 第七章
### 贾宝玉的爱情与婚姻

这种言语让人感到林黛玉是以自我为中心，但其实是她感觉到自己在外祖母家不是像在自己家一样，一般人可能把这点闷在心里，但她是要说出来的，听起来就带着点儿刺。

第二个例子，秦可卿死后，来路祭的有皇亲国戚北静王水溶。由于北静王同贾府是世交，在与贾赦、贾政的交谈中知道贾宝玉也来了，就提出要见见贾宝玉。他喜欢贾宝玉，但没有准备特别的礼物，就将当时皇上赐的念香珠一串送给宝玉，算是见面礼。在功勋政治家庭里，礼物本身可能不是很贵重，而是转赠礼物的人很尊贵，这个礼物就显得尤其珍贵。贾宝玉回家后，将这串非常珍贵的念香珠送给林黛玉，没想到林黛玉却说"什么臭男人拿过的东西，我不要它"，便摔了去。

第三个例子，贾宝玉身上的小坠扇、小荷包等小玩意，被贾府的仆人讨好似地解下来拿走。袭人发现了这件事，说了一下。林黛玉一看，以为自己送给宝玉的香囊也被拿走了，气得拿起自己在给宝玉做的香囊，用剪刀绞破了，拦都拦不住，由此可见林黛玉的小性子。这样的性格，在贾府中也是比较难融入的。

此外，在身体方面，林黛玉的健康也总是欠佳。在刚刚进入贾府时，众人见黛玉年貌虽小，其举止言谈不俗，身体面庞虽怯弱不胜，却有一段自然的风流态度，便知她有不足之症。便问："常服何药，如何不急为疗治？"黛玉道："我自来是如此，从会吃饮食时便吃药，到今日未断，请了多少名医修方配药，皆不见效。"而在后期,林黛玉的身体状况一直不好。

其实,随着年龄的增长,林黛玉比较能入贾宝玉心的是她性情的真实表达,爱就爱,不爱就不爱。他们的情感中没有掺杂虚伪成分。很多哭闹小性子的表达都是爱人之间酸酸甜甜的情感表达。

比如说,贾宝玉无意的玩笑都会令林黛玉随时翻脸。两人共读《西厢记》时,宝玉笑道:"我就是个'多愁多病身',你就是那'倾国倾城貌'。"林黛玉听了,不觉带腮连耳通红,登时直竖起两道似蹙非蹙的眉,瞪了两只似睁非睁的眼,微腮带怒,薄面含嗔,指宝玉道:"你这该死的胡说!好好的把这淫词艳曲弄了来,还学了这些混话来欺负我,我告诉舅舅舅母去。"说到"欺负"两个字上,她早又把眼睛圈儿红了,转身就走。宝玉着了忙,向前拦道:"好妹妹,千万饶我这一遭,原是我说错了。若有心欺负你,明儿我掉在池子里,教个癞头鼋吞了去,变个大忘八,等你明儿做了一品夫人,病老归西的时候,我往你坟上替你驮一辈子的碑去。"听得林黛玉嗤的一声笑了,揉着眼睛,一面笑道:"一般也吓的这个调儿,还只管胡说。'呸,原来是苗而不秀,是个银样蜡枪头。'"林黛玉可以这样给贾宝玉使小性子,其他人是不行的,可见,林黛玉是一心一意爱着贾宝玉的,直至临死时,仍然是痴情一片。(第二十三回《西厢记妙词通戏语 牡丹亭艳曲警芳心》)

## 第七章
### 贾宝玉的爱情与婚姻

论才情，林黛玉在众姐妹中是无人可媲美的。但是，这就有一个大问题，在"女子无才便是德"的时代，她这样鹤立鸡群，还有点曲高和寡的孤傲，这其实是林黛玉骨子里清高，这种清高使她与众人比较难相处。贾宝玉是可能改变荣国府家族命运的人。从团结众人的角度看，林黛玉不能够胜任与他的婚姻。

贾宝玉追求精神境界的爱情，莫过于同林黛玉一起生活到老。相比于贾府其他女性，林黛玉不是一个受人喜欢的角色，她自视清高又有精神洁癖，让其他人与她有着天然的隔阂。再一个就是林家的家庭背景败落凄凉，用贾母的话说是"他们林家的人是死绝了的"，在这样的性格和家庭背景下，可以说林黛玉是不能与贾宝玉婚配的。

只有爱情或者感情依赖不一定能够成就美满的家庭，特别是对于贾宝玉这样的家庭来说，不太可能允许贾宝玉娶一个顽疾缠身、身体瘦弱、情绪不稳定、不能团结和睦亲友的女子。婚姻应该是理性的，无论贾母多么偏心，这都比较难改变。因为在家庭使命中，往往需要更多理性的思考，要考虑到现实条件，这种观念到今天仍然有很大的实践意义，那就是不唯爱情而论现实。

## 第三节

# 贾宝玉与薛宝钗的现实婚姻

薛宝钗是贾宝玉的姨表姐，是金陵薛公之后。因为进京后选秀没有被选中，所以在贾府暂住下来。薛家本身是皇商，家中仍然有足够资本。薛宝钗也有身体上的不适，并且天生就带到这来的。在周瑞家的与薛宝钗的对话中可知，她这种病很奇怪。周瑞家的问宝钗原因，宝钗听了便笑道："再不用提吃药。为这病请大夫吃药，也不知白花了多少银子钱呢。凭你什么名医仙药，从不见一点儿效。后来还亏了一个秃头和尚，说专治无名之症，因请他看了。他说我这是从胎里带来的一股热毒，幸而先天壮，还不相干，若吃寻常药，是不中用的。他就说了一个海上方，又给了一包药末子做引子，异香异气的。不知是哪里弄了来的。他说发了时吃一丸就好。倒也奇怪，吃他的药倒效验些……叫冷香丸。"薛宝钗对身体也是一直有保养的，家庭经济实力保证她的身体有比较好的调护。

成长中的薛宝钗会流露男女之情的一面，而宝玉在这个过程中也切身体会过这种情欲之美。比如，贾宝玉看薛宝钗时就有这

## 第七章
## 贾宝玉的爱情与婚姻

样一段情节：

> 此刻忽见宝玉笑问道："宝姐姐，我瞧瞧你的红麝串子。"可巧宝钗左腕上笼着一串，见宝玉问他，少不得褪了下来。宝钗原生的肌肤丰泽，容易褪不下来。宝玉在旁看着雪白一段酥臂，不觉动了羡慕之心，暗暗想道："这个膀子要长在林妹妹身上，或者还得摸一摸，偏生长在她身上。"正是自恨没福得摸，忽然想起金玉一事来，再看看宝钗形容，只见脸若银盆，眼似水杏，唇不点而红，眉不画而翠，比林黛玉另具一种妩媚风流，不觉就呆了。宝钗褪了串子来递与他，也忘了接。

这是贾宝玉从本能上对薛宝钗表达出的情欲，没有任何掩饰的，想摸一摸薛宝钗的臂膀。他能感受到薛宝钗有另一种妩媚风流。从一个正常男性的情欲表现来讲，这是很直接的爱意表达，是直接而浓烈的想法。（第二十八回《蒋玉菡情赠茜香罗　薛宝钗羞笼红麝串》）

薛宝钗拥有的健康体魄是她优秀的先天条件，加上她为人处事的亲和力、家庭的担当能力以及处理家务事的协调能力等后天优势，使她成为贤内助的不二人选。

比如说，薛蟠在来京的路上和离京的过程中，都有发生打死人的事件，薛姨妈除了找她的哥哥王子腾和姐夫贾政，内外能宽她心的就只有薛宝钗。面对薛蟠的不上进，做妹妹的薛宝钗也是以劝导为主。甚至在薛蟠娶妻后，薛蟠被抓坐牢期间，薛蟠之妻夏金桂在家中闹腾直至误下毒药将自己毒死，薛宝钗在维护薛家的过程中，也是不可替代的。

而在贾府生活的这段时间里，从贾母、王夫人、王熙凤等主人到贾府的下人们，都认可薛宝钗的为人处世能力和亲和力。这不单因为薛家有一定财力，更因为她确实足够优秀，有成为家庭顶梁柱的潜力，这同样很符合一个"女主内"当家人的形象。

在封建社会家庭，能有这样的贤内助，一定是这个家庭的幸事。到今天，妻子是贤内助依然十分重要，这就要求妻子在婚姻家庭中更用心处理好夫妻双方的人际关系，这也是一个家庭长久稳定的重要因素。

# 第七章
## 贾宝玉的爱情与婚姻

### 第四节

## 贾宝玉的爱情与婚姻

从家族的角度来讲,贾宝玉担负着扭转家庭颓势的重任,他的婚姻也被寄予夫唱妇随、传宗接代的厚望。所以,在婚姻选择上,贾宝玉面临的不是爱谁或不爱谁的问题,而是和谁一起更合适的问题。

贾宝玉爱林黛玉,是他情感上的选择,除去前世的还泪之说,这个情感选择还有对一个人的情感依托的问题。贾宝玉到底爱着谁,会爱谁呢?

如果贾宝玉是单纯地爱着一个人,那么他的爱情选择就比较简单,但恰恰贾宝玉的爱比较丰富,试举例如下:

比如爱吃口红胭脂的毛病,在这点上,贾宝玉几乎是不择女性的,包括丫鬟金钏,包括史湘云,宝玉几乎都会去扒拉这些女生的胭脂粉。即便是贾琏的通房丫鬟平儿给他胭脂粉,他都有一点痴情,这种痴是对女性生活趣意的迷恋。

而精神层面上,贾宝玉就更加博爱了,男的比如秦钟、琪官、柳湘莲,女的比如四儿、红玉,更不用说他房里的袭人、晴雯、碧痕等了，对于他们都有点滥情，偶尔连农家纺线的女孩，包括对尼姑庵的妙玉，贾宝玉也会有所留恋。甚至听到林四娘这个可能是刘姥姥胡诌出来的女孩，贾宝玉也有点痴情。只不过他对林黛玉的感情是程度最深的，这种感情透着纯粹的喜欢和爱怜。总之，在感情上，贾宝玉不算是专情的人。

贾宝玉对林黛玉是从小青梅竹马的情感，喜欢她比较深。林黛玉对贾宝玉的男女之情是唯一的。既然这样，林黛玉也期望贾宝玉对她专情，一旦发现贾宝玉对其他女孩子有想法，就可能怀着敌意。比如当贾宝玉看薛宝钗看呆了时，林黛玉醋意一来，用手帕一甩，打在贾宝玉脸上。再比如，贾宝玉被打时，袭人怀疑是薛蟠告状的，这就可能令贾宝玉讨厌薛蟠，进而可能讨厌薛宝钗，而林黛玉或者会有一丝窃喜。她可以喊出"就是哭出两缸眼泪来，也医不好棒疮"的话，来胜利般地自我满足一下。俗话说，所有爱情都是自私的，这对贾宝玉、林黛玉和薛宝钗的个人情感同样适用。

就算两个人拥有完美爱情，如果走进婚姻，生活在一起，他们的婚姻是否也美满呢？这不一定。在爱情中，对方只要有一个优点是你喜欢的，这一个优点就可能被无限放大，从而掩盖其他不足；但是在婚姻中，是实实在在地过日子，只要对方有一点你不能接受的缺陷，这个缺陷就可能阻碍你欣赏他的其他优点，而成为你的眼中刺，令你感到很不舒服。所以，可能有完美的爱

## 第七章
### 贾宝玉的爱情与婚姻

情,但很难有美满的婚姻。在婚姻中,更多是在磕磕碰碰中不断磨合,逐渐适应对方,给对方一定的自由和个人空间,各自履行自己的义务和责任。婚姻既然与情感、生活以及生命的延续相关,那么其实爱情并不是婚姻的必要条件,婚姻主要还是需要双方能够在长期生活中经受一系列考验。

在对《红楼梦》传统的理解中,有一种说法是"贾宝玉和林黛玉的爱情悲剧,是封建社会衰落的一个表现"。但是,爱情的悲剧又怎么会是封建社会衰落的表现呢?他们两个人的爱情,是封建社会这么大的社会结构能影响的吗?

答案是否定的。

无论在哪种社会形态下,假定某人的爱情是一个悲剧,也不可能是整个社会衰落的表现,反而俗话说,"在物欲横流的世界,被饿死的爱情比比皆是"。爱情总是被现实的婚姻条件打败,这是为什么呢?

爱情是基于个人喜欢的感觉,是个人情感的萌动;而婚姻是基于家庭生活的理性,是个人性格的互融。爱情和婚姻两者的出发点不同,需要的条件也远远不同。爱情可以不考虑人的丑或美,不考虑家庭的生活条件甚至特殊癖好,只因为爱而在一起;婚姻则不同,必须考虑两个家庭的情况,包括家庭背景、性格互补,特别是相互包容,这是基于两个人社会关系的总和。

在爱情世界里，如果考量双方的家庭背景，你可能觉得很世俗；但是在婚姻里，门当户对依然很重要。或许有人会说爱情无价，或许也有人会说婚姻门当户对太世俗。可是，几千年来，婚姻生活的现实告诉我们一个经验：双方门当户对，对于婚姻的确是更幸福的。

婚姻是双方情感以外社会关系总和的互融过程。所以，在一定的社会关系和家庭条件下，男女双方更加容易有相近的生活观念、生活习性和生活阶层性。这不是一个生硬的嵌入过程，而是互融的过程。大到认识观念，小到待人接物，相应会更加稳定和持久，这是事实锤炼出来的结论。

在这样的现实条件下，贾宝玉在林黛玉和薛宝钗之间选择婚姻时，就有了可比性。试从以下四方面作对比：

首先是感情生活的认知度。林黛玉和贾宝玉并不是彼此的唯一，因为贾宝玉是多情的人，但是他们之间的感情又是最深厚的，心里想的是最懵懂、最纯粹的情感。然而，贾宝玉对薛宝钗的喜欢更多是受到肉欲的冲击，比如想摸薛宝钗的臂膀，这就是情欲的一种最直观真实的表达。

其次是待人接物的认可度。林黛玉的小气、小心眼及娇气是出了名的。她既不愿意与人相处、心高气傲，也不愿意处理家里事务。那么如果以后她要做贾府的奶奶，该怎么去面对迎来送往、待人接物或经营家庭呢？在这方面，薛宝钗凭借其全面的知

## 第七章
### 贾宝玉的爱情与婚姻

识、经历在经营家庭、处理家务事等方面都有实际经验。

再次是两人身心的健康度。贾宝玉是贾母的掌上明珠，更是王夫人的独苗。贾宝玉有一个天然使命是传宗接代，需要作为一个人的人伦孝道完成。"不孝有三，无后为大"，要完成这个使命，仅从身体上讲，林黛玉显然远不能跟薛宝钗相比。

最后是两人的家庭背景。林如海去世后，林家也没有人来看望过林黛玉，更没有人接她去，林家的家庭背景衰落可想而知了。薛宝钗家则不同，虽然因为薛蟠有很大损伤，但相当一部分生意还在。而且，从家族角度来讲，薛蝌、薛宝琴至少存在着翻身的资本，短期内家庭还不至于败落，而贾宝玉的婚姻也寄托着家族的一部分希望，这个婚姻选择就会有一定的利益趋向。不只是选择人品，更是要选择好的家庭背景，这为的是优化配置性地经营生活，是基于生活需要和家族需要的现实选择，不需要从道德制高点去批判。

综上四点对比，可以明确婚姻生活的基本观念选择。事实上，贾宝玉选择与薛宝钗结婚更合适。那么，贾宝玉在这种婚姻下是否会幸福呢？

一个理性的婚姻关系，双方需要时间一起面对生活和接受苦难，这个时间会给人以判断的参考依据。贾宝玉的爱情与现代人的爱情、感情依托没有特别大的差异，贾宝玉的婚姻与现代人的婚姻关系、生活关系也没有特别大的差异。往往多数人会选择与适合生活的人结婚,而不是与心中喜欢的人结婚。一份完美的感情不一定经得起岁月的蹉跎,一份至死不渝的爱情更多只是美丽的传说。

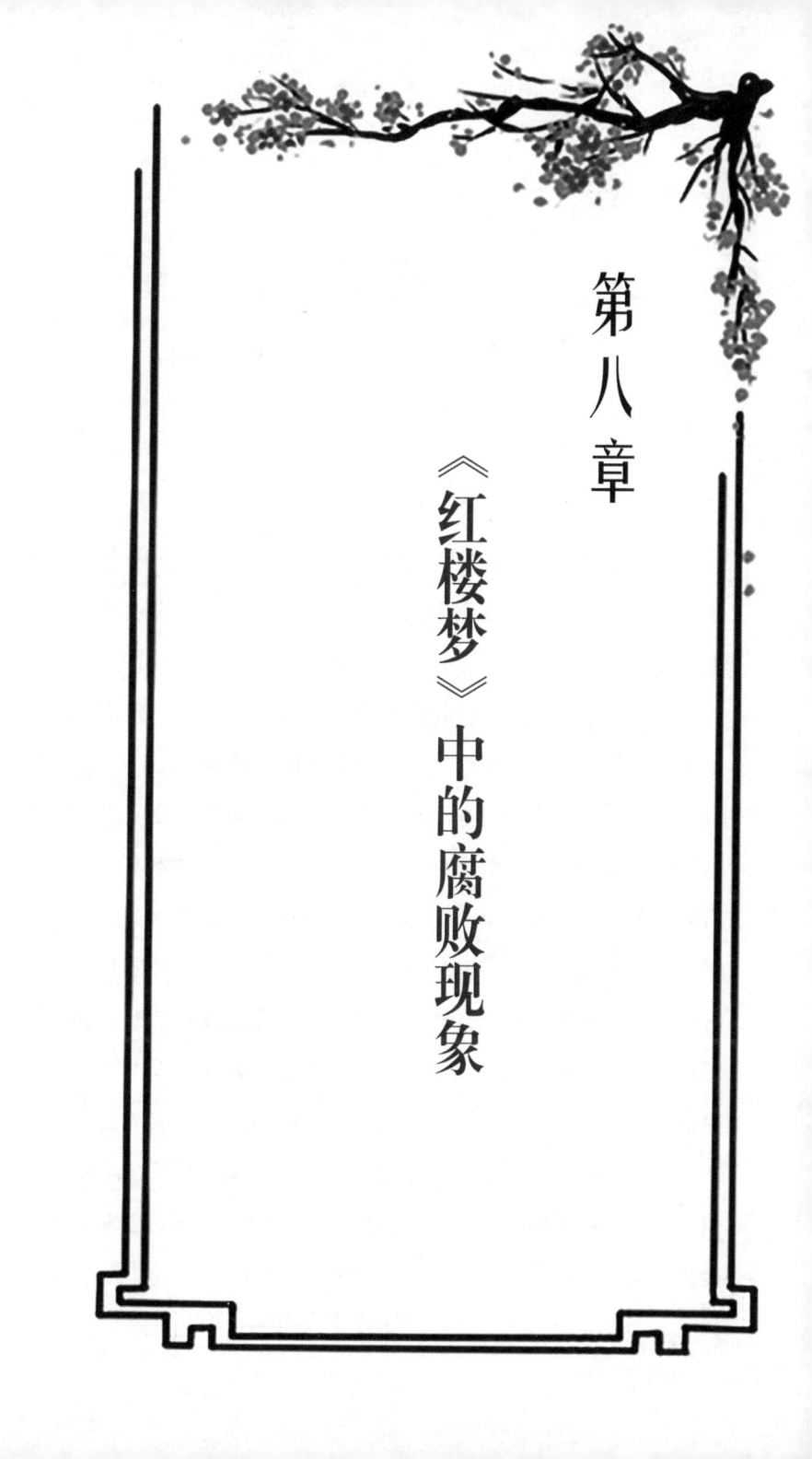

# 第八章 《红楼梦》中的腐败现象

## 第一节

## 薛蟠掏钱改判人命官司

薛蟠是薛公之后,是现行的皇商,领着内帑府的俸银,家里还有各种生意店铺,如药材铺、当铺等,他也是薛姨妈的独苗。他虽然读书不多,但是吃酒生事、玩乐赌钱,样样在行。

在赶往京城的路上,薛蟠因为同冯渊抢香菱,争执之中命手下人将冯渊打死,只留给家人处理后面的麻烦事,他自己还是独自去处理自己的事,根本没有把打死人当一回事。处理此案件的是刚刚上任的应天府贾雨村,他是攀附了贾府的权势才当上应天府官职的。虽他本想秉公处理该案,但在门子的提示下,得知薛蟠既是王子腾的外甥,也是贾府的外侄子,又是薛公之后,就只好另想办法处理。于是,动用一番扶乩手段,装神弄鬼,拿上辈子冤孽之说来糊弄众人。没想到冯渊的家属如此泯灭人性,并非真的为冯渊申冤,只想多要一些银子。这是多么现实的要求,说不定冯渊家的地产、房产也会被这些所谓家属分配掉,冯渊死得真是冤!在一番假意昭雪、判罚之下,薛蟠打死冯渊之事便像未发生一般。

## 第八章
### 《红楼梦》中的腐败现象

几年之后的薛蟠，又一次以误伤的名义打死张三，这次是喝酒的缘故。为什么说是误伤呢？那是上上下下使了银子才使"误伤"这个讲法糊弄过去的。薛蟠喝酒并叫了许多人喝酒，然后把在酒店当伙计的张三活活打死。为此，他先是求了县里，然后让贾琏出面花了许多银子，才把故意杀人的事实歪曲成"误杀"。偏偏这次，部里就不同意了，非要秋后大审。贾政有点读书人的气概，打探消息不使银子手段，连薛姨妈都认为不行，所以一边托人使银子，另一边让薛蝌去把薛蟠家做生意的银子收回来。但时过境迁，当铺常有亏损，甚至有跑路的现象，加上银子收不回来，一时间，薛蟠生死未明。后来既是通过薛蝌借贷花了银子，薛蟠也遇到了赦免，从刑部被放出后便彻底悔过，开始好好过日子。

薛蟠两次都有打死人的重大过错，都是在权势和银子的运作下逃脱法律制裁。这不是责任的问题，而是腐败的问题。"官官相护"虽然是一句俗话，但根本在于有利益的介入，有好处的交换，才使这样的违法者逍遥法外。

社会制度和法律条文是约束人行为的标准。国家制度维护国家安定和人民安居乐业，保护社会蓬勃发展，如果人逃脱这个框架，这个制度就会失效，整体就会腐败。如果不遵守制度和法律，或者默认不遵守的合理性，时间久了后，这些制度和法律就形同虚设，社会规则在人的意识和行为上就表现出来了。在行为上表现出来，就引发社会不稳定。社会的主体是老百姓，老百姓丧失安全感，社会正常秩序难以为继，甚至引发一系列冲突，发生暴力事件，这也是情理之中了。

　　社会的秩序性和公平性被破坏后，动摇的就是整个社会基础，通俗来说，就是人心不稳了。

　　可以试想，一个能随便利用权势和金钱颠覆社会底线的法律，长此以往还有救吗？自毁长城就是从冲击社会底线开始的，薛蟠的事例告诉我们，这样做是非常危险的。

# 第八章 《红楼梦》中的腐败现象

## 第二节

## 贾蓉行贿得龙禁尉

秦可卿死后,贾珍伤心过度,又兼尤氏犯了胃病,无法内外兼顾,所以贾宝玉出主意给贾珍请王熙凤暂时协理宁国府丧礼期间的家事。这样,就有王熙凤在宁国府治家一事。

但是,宁国公家是有功勋政治背景的家族,且属于当时的"八公"之一,往来之间非富即贵,且贵大于富。而秦可卿的灵幡上写的是"贾蓉之妻",贾蓉只是一个"黉门监"(国子监,只是学生之意,无官衔),灵幡经榜上写得如此不体面,令贾珍很不自在。

秦可卿去世头七的第四日,掌宫内相戴权亲自来祭拜。贾珍请至逗蜂轩,便趁机向戴权说捐个前程。戴权会意,笑道:"想是为丧礼上风光些。"贾珍忙笑道:"老内相所见不差。"戴权道:"事倒凑巧,正有个美缺,如今三百员龙禁尉短了两员,昨儿襄阳侯的兄弟老三来求我,现拿了一千五百两银子,送到我家里。你知道,咱们都是老相与,不拘怎么样,看着他爷爷的分上,胡乱应了。还剩了一个缺,谁知永兴节度使冯胖子来求,要与他孩子捐，我就没有工夫应他。既是咱们的孩子要捐，快写个履历来。"贾珍听说，忙吩咐："快命书房里人恭敬写了大爷的履历来。"小厮不敢怠慢，去了一刻，便拿了一张红纸来给贾珍。贾珍看了，忙送给戴权。看时，上面写道："江南江宁府江宁县监生贾蓉，年二十岁。曾祖，原任京营节度使世袭一等神威将军贾代化；祖，乙卯科进士贾敬；父，世袭三品爵威烈将军贾珍。"

戴权看了，回手便递给一个贴身的小厮收了，说道："回来送与户部堂官老赵，说我拜上他，起一张五品龙禁尉的票，再给个执照，就把那履历填上，明儿我来兑银子送去。"小厮答应了，戴权也就告辞了。贾珍送出门后，临上轿，贾珍问道："银子还是我到部兑，还是一并送入老内相府中？"戴权道："若到部里，你又吃亏了。不如平准一千二百两银子，送到我家就完了。"贾珍感谢不尽，只说："待服满后，亲带小犬到府叩谢。"于是作别。

这是贾珍和内相戴权一次赤裸裸的买官卖官交易，但整个对话和交易的过程似乎颇有"人情味"，也有"严肃感"，连讽刺都看不出来。但是，读者若细品，就能看到双方买卖的厚颜无耻和交易的顺其自然。

贾珍想买，戴权有卖。面子是虚的，但没有面子的人想要面子，有面子的人想要更大的面子，贾珍就是这样的典型。给贾蓉捐一个前程，只不过为了灵幡上写得体面些。

## 第八章
### 《红楼梦》中的腐败现象

贾珍买官是一时起意（贾府不太缺官），戴权卖官却非常娴熟。贾珍提起这件事时，戴权马上说正好有一个美缺，是三百员的龙禁尉，差了两员。这让贾珍看起来有希望，并被小小吊了下胃口。戴权紧接着说，一个名额已经给了一千五百两银子，看着关系的分上，已经给办理了。这就告诉贾珍是这个底价，别人是这样成交的，你如果想办也得这么办。

但是贾珍能不能马上办还不能确定，既要让贾珍把银子尽快掏出来，还不能把他得罪，不能显得自己太贪钱。于是，戴权就说了永兴节度使冯胖子来给孩子捐官，还没有答应呢，如果要办就快点办，不然就给冯家办了！而且，也要说点人情话，"既然是咱们家的孩子要捐"，"咱们家的孩子"这话听着关系有多好，后面马上是"快填个履历来"。贾珍在这样的节奏感下办好了履历。那么，钱怎么送呢？贾珍也是官场上的人，于是直接问戴权如何处理。

戴权说的是最替贾珍考虑的话："若到部里，你又吃亏了。不如平准一千二百两银子，送到我家就完了。"听着这话，多么会替贾珍省钱呐！相比较而言，居然还说成帮他省了三百两银子！

戴权卖的是朝廷的编制官员，银子却是进了自家的腰包。无法想象，戴权那已经满员的三百员龙禁尉，应该都是以这种方式发执照的吧！

贾珍得到这种编制带来的面子，使秦可卿的葬礼多么有派头。(第十三回《秦可卿死封龙禁尉　王熙凤协理宁国府》)

买官卖官的现象自古有之，这不是一般人家有的现象。一个有权，另一个有钱；一个想用钱换权，另一个想用权换钱。有了更大的权，有了更多的钱，后面就能争取更大的权，挣更多的钱。权钱交易，套路基本如此。

权力是公器，但是通过权力寻租、权钱交易甚至权色交易，结果就是腐蚀社会结构，积累更多社会矛盾，给日后动乱的爆发不断累积能量，造成社会不稳定。如此而已！

如何减少或杜绝这样的事情的发生？从古到今，措施不断，改善方式不断，但依然是这样的套路：花钱买官，买到更大的官；用买来的权力寻租，得到更多的金钱；再买更大的官，再进行更大的权力寻租，再挣更多的钱……直到崩盘。

# 第八章
## 《红楼梦》中的腐败现象

## 第三节

## 都察院收钱审张华

在贾敬去世后办丧事期间，偶然之下，贾琏通过贾珍父子的活动偷偷娶到尤氏的妹妹尤二姐，在贾府后街另外的院子里包养着。王熙凤得知此事后，通过审兴儿确定了尤二姐的存在，并知晓了大致的前因后果，卧榻之侧岂容他人酣睡？她决定通过自己的手段把这个隐患除掉。

如果说王熙凤在铁槛寺收银子是以弄权收钱为目的，那么她为了打击宁国府贾珍父子，花钱给都察院打官司，就是为自己取势，让自己站在主动位置来处理贾琏偷娶之事。"后院起火"对于王熙凤这样的人是绝不能接受的。所以，她让旺儿打探清楚后，兼顾到宁国府贾珍父子及尤氏情况、贾琏的态度、贾府整体的态度，以及尤二姐一家的总体情况，按照轻重缓急来处理。

擒贼先擒王，首先要抓住对手尤二姐无依无靠的弱点，进行突然袭击，让尤二姐没有反应的余地。在王熙凤的花言巧语下，尤二姐搬到了贾府大观园暂住下来，同李纨挨着。王熙凤把"人质"先控制在手里，然后让旺儿确认尤二姐是婚约婆家的人。丈夫张华才十九岁，因为在外嫖赌，不理生业，把家私花尽，被他的父亲撵了出来，在赌场存身。张华的父亲拿到尤婆的十两银子后退了亲。这本是正常退亲后的一方再娶。而王熙凤给旺儿二十两银子把张华先养起来，然后让他去告状，状告贾琏处在国孝家孝中，但背旨瞒亲，仗财依势，强逼退亲，停妻再娶等。

王熙凤在处理贾琏偷娶尤二姐的过程中，先抓住国法和家法的法律制高点和道德制高点：老太妃薨了，不能有喜庆之事；在贾敬去世举丧、服孝期间，更是不能娶亲。而这两点，贾琏都做了。这是在法律环节和道德环节赢得立场。另外，强逼退亲更是有罪，停妻再娶也不合乎礼法。这样，就先发制人，抓住关键环节。张华因为明白轻重，是不敢造次去告的。王熙凤对张华的态度是坚决的，她通过旺儿告诉张华："你细细地说给他，便告我们家谋反也没事的。不过是借他一闹，大家没脸，若告大了，我这里自然能够平息的。"经过旺儿一番鼓动，张华到都察院喊冤。

都察院坐堂看到是告贾琏的案件，且上面有家人旺儿一人，只得派人传旺儿对词，而旺儿主动找到青衣跟随去与张华对词，并在对词的过程中说出了与贾蓉有关联，所以，察院又派人传贾蓉。王熙凤在得到已经开始对词并传贾蓉的消息后，让庆儿带着三百两银子告知都察院只是吓唬而已，不必动真格。

所以，次日都察院就把张华以无赖处理，并传贾蓉来，而贾珍在情急之下，封了二百两银子连夜打点都察院，只让宁国府的

## 第八章
## 《红楼梦》中的腐败现象

家人去对词，也是走过场而已。此时王熙凤已经把事态的主动权掌握在自己手里，所以就有了大闹宁国府这一出，把贾珍吓得躲起来，贾蓉掌自己嘴，也把尤氏连哭带骂地踩躏了一番。

在如此有利的形势下，王熙凤还故意说自己花了五百两银子瞒这个事情，还瞒不下来。为了平息王熙凤的闹腾，尤氏和贾蓉又答应把王熙凤填进去的五百两银子补上，同时请求她在贾母面前隐瞒一下。王熙凤也答应尤氏和贾蓉亲自给贾母讲，等孝服满了后就让尤二姐与贾琏圆房。在这样威逼利诱之下，尤氏只得答应同尤二姐一起来拜见贾母。

其实，在大观园中，王熙凤已经把尤二姐原来的丫鬟调开，换上了自己的丫鬟，给尤二姐提供的生活用品也是缺这缺那，有时候饭菜都不给吃，甚至是吃残羹剩饭。调虎离山之后，便是请君入瓮，接下来，尤二姐就任由王熙凤摆布了。

王熙凤带尤二姐来见贾母，这样做先是显示自己很大方，为了贾琏的子嗣着想；而且，因为在服孝中，贾琏也不在家，所以按照同尤氏、贾蓉所商量的，等孝服满了后就将尤二姐给贾琏做二房。在贾母见过尤二姐后，王熙凤还带去她去见了邢夫人、王夫人，算是尤二姐正式与贾府的人见面，王熙凤得了一个贤良的名声，赢得贾府的认可，她对贾琏纳二房这种事情的大度超过了日常表现。谁知道，温情表面之下是冷酷无情，尤二姐此时已经是"人为刀俎，我为鱼肉"，在这件事公之于众后，她就搬到王

熙凤安排的东厢房去住了。（第六十八回《苦尤娘赚入大观园 酸凤姐大闹宁国府》）

　　王熙凤这样一番折腾后，不是一蹴而就，而是暗中调唆张华继续告状，并说可能会赔很多银子，还给张华银子安家过活。张华虽然在告，但是都察院受贿后是不会处理贾府的，仍然将张华赶出，并以诬赖之罪名让他赔偿所欠贾府之银，仍然判其妻尤二姐有条件时娶回。在张华再告之后，王熙凤告知贾母，尤二姐前与人指腹为婚，没有处理好退婚之事。贾母责问尤氏、尤二姐和贾蓉，并说刁民难惹，要由王熙凤处理。张华父子得到银子后离开，但王熙凤想灭他们的口，让旺儿去办，幸好旺儿躲掉了此事，最后并没有杀害张华父子。

　　贾琏回来后，知道再娶一事已经败露，所幸王熙凤没有计较且贾赦另外赏给贾琏一百两银子，又把丫鬟秋桐赏给贾琏。王熙凤忍气吞声，先引秋桐侮辱尤二姐，王熙凤也经常暗示说尤二姐名声不好，加上在吃穿用度上对尤二姐变相虐待，已有身孕的尤二姐一病不起。请来给尤二姐治病的胡太医乱开药，将尤二姐已成型的男胎打下来。病痛之余，尤二姐只得吞金自杀，后来被葬在了自杀的妹妹尤三姐边上。

　　王熙凤知道贾琏偷娶尤二姐之事后，从设计剪除尤二姐开始，面对四类情况：

　　一是要拿住尤二姐本人，通过突然袭击，将她骗到大观园，

## 第八章
### 《红楼梦》中的腐败现象

安排好尤二姐的衣食住行后,站在国家法律和家庭伦理的制高点整治住宁国府的尤氏和贾蓉(贾珍被吓得直接骑马跑了)。

二是让尤二姐拜见贾母,这是王熙凤站在为了贾琏子嗣考虑的角度给贾琏娶二房,以赢得贾母、邢夫人和王夫人在家庭立场上对她的认同。

三是给贾琏这种偷娶行为一个警告,让木已成舟的事情变成自己的顺水人情,这反而让贾琏更加看重自己。

四是借都察院外力时的分寸。包括旺儿暗中调唆张华的动作,都是通过外力给内部施压。这样一来,王熙凤基本控制住整件事的节奏和结果。

那么,王熙凤能借外力,靠的是什么呢?就是通过银子来实现的。有钱能使鬼推磨,王熙凤能挣银子,也很会花银子,特别用银子来取势,张弛有度,最终还是用残忍手段除掉了心头之患。

银子能让都察院的坐堂按照王熙凤的需要走流程;银子也能让原告按照自己的意图来选择时机。当天,王熙凤花了银子,尤氏还要补银子给她,别人是人财两空,王熙凤是人已经除去而银子没有白花,似乎还有点赚头,这种手段不是一般人能使出的。

## 第四节

# 王熙凤仗势弄权收钱

　　王熙凤是荣国府实际操办事情的人，她手里不仅有荣国府的权力，还有贾府的权势，也有她娘家王府的权势。权势在手，不弄权者鲜有。而把贾府之势用之于外，为自己谋私利者，确实无出铁槛寺之谋。

　　秦可卿死后发丧到铁槛寺，老尼姑在王熙凤安排好了其他事情后，便找王熙凤来说事情。老尼趁机说道："我正有一事，要到府里求太太，先请奶奶一个示下。"凤姐因问何事。老尼道："阿弥陀佛！只因当日我先在长安县内善才庵内出家的时节，那时有个施主姓张，是大财主。他有个女儿小名金哥，那年都往我庙里来进香，不想遇见了长安府府太爷的小舅子李衙内。那李衙内一心看上，要娶金哥，打发人来求亲。不想金哥已受了原任长安守备的公子的聘定。张家若退亲，又怕守备不依，因此说已有了人家。谁知李公子执意不依，定要娶他女儿。张家正无计策，两处为难。不想守备家听了此信，也不管青红皂白，便来作践辱骂：'一个女儿许几家！'偏不许退定礼，就打起官司告状起来。

## 第八章
### 《红楼梦》中的腐败现象

那张家急了,只得着人上京来寻门路,赌气偏要退定礼。我想如今长安节度云老爷与府上最契,可以求太太与老爷说声,打发一封书去,求云老爷和那守备说一声,不怕那守备不依。若是肯行,张家连倾家孝顺也都情愿。"

王熙凤听了,笑着给老尼净虚说:"这事情倒不大,只是太太再不管这样的事情。"老尼道:"太太不管,奶奶也可以主张了。"凤姐听了,笑道:"我也不等银子使,也不做这样的事。"净虚听了,打去妄想,半晌,叹道:"虽如此说,张家已知我来求府里,如今不管这事,张家不知道没工夫管这事,不稀罕他的谢礼,倒像府里连这点子手段也没有的一般。"

王熙凤先是推王夫人不管这事,然后说自己不等银子用,所以也不管这个事情。这给净虚老尼一个明确的信息——要办我可以办,但是必须拿银子来!更关键的是净虚老尼的激将法,说得贾府也好王熙凤也罢,都没有能力办好这件事情。在净虚老尼奉承和怂恿下,王熙凤就爽快地答应:"你叫他拿三千银子来,我就替他出这口气!"(第十五回《王凤姐弄权铁槛寺 秦鲸卿得趣馒头庵》)

在净虚老尼的吹捧和王熙凤的贪心下,王熙凤让来旺修书一封并假借贾琏的名义相托,给节度使说了把此事按照净虚老尼所托办了。然而,令人意外的是,张家的女儿金哥不同意,但也没办法,只得上吊自杀。守备之子听闻此事后,也投河自尽,不负金哥之意。张家和李家都没有得到什么，反而害了两条人命。唯独王熙凤得了三千两银子。

整个阴谋过程只有王熙凤和净虚老尼，从两个人交谈的过程中，似乎发现有一些事情不符合逻辑。虽然是王熙凤仗势弄权取财，但从净虚老尼给王熙凤说这件事开始，就有一定的试探和激将之意。

净虚老尼既然想求王夫人来说，为什么要单独请王熙凤示下？分明有意通过王熙凤解决，因为太太未必会管这些，她一不缺钱，二不会做缺德的事情。那么，要办这件事就只好奔着王熙凤来了。王熙凤暗示拿银子才能办事，净虚老尼便用激将法让王熙凤铁了心来办这件事。王熙凤是不信什么报应的，缺德的事情也敢做。

那么，净虚老尼对王熙凤有没有撒谎呢？

首先，究竟是净虚老尼以张家请托为名，还是李家出钱请她来求贾府的呢？这个问题是王熙凤没有考虑到的，她要显示贾府有这个能耐以及她有这个手段。通过贾府的权势包括她的个人能力来达到这个目的的快感，可能要大于得到银子的满足感。

其次，王熙凤办这件事只得了三千两，那么究竟张家和李家给的银子是三千两还是五千两呢？净虚老尼表面上是出家人，实际上是无利不起早的狡诈之人，她如果没有任何好处，会去做明摆着是缺德的事情吗？不会的。

## 第八章
### 《红楼梦》中的腐败现象

再次，王熙凤弄权铁槛寺谋财，是个案吗？应该不是，而是她众多作恶中的其中一个，是她的手段的一次展现而已。

这次密谋导致两个有情有义的人死亡，是什么逼迫他们自杀的？是王熙凤和净虚老尼吗？也不是，她们两个只能算是帮凶，真正杀死这两个人的是长安府府太爷的舅子李衙内，他们是依附权力的纨绔子弟，是仗势欺人的放荡子弟，更是胡作非为的痞子人物。

你见面喜欢的人，就要娶回家吗？婚姻是双方的事情，哪怕在古代，也是"父母之命，媒妁之言"，而不是强取豪夺。即使在贾府这么有权势的人家，贾母喜欢薛宝琴，想要给贾宝玉说亲，但得知她已经被许了梅翰林的儿子后，也就立马不提这件事了。反而这些不是权力核心的人，往往依附裙带关系而作威作福。

一人得道，鸡犬升天，这从来不是一个时代、一个掌权者遇到的情况。这些权力依附者比权力拥有者更加具有破坏力，更加飞扬跋扈！为宰相赶马车的车夫可能比宰相更加傲慢。权力依附者是典型的寄生虫，李衙内就是这样的一个典型。出于他的一己之私、一人之欲，两条人命就这样没有了。

王熙凤从中得利，净虚老尼也不会白干，弄权的结果是有损德行，而不论是张家花了银子还是李家花了银子，他们都成为其中的推手。俗语说，人为财死，鸟为食亡。这件事是害命失财，使得人财两空。两条可怜的鲜活生命就此凋零，成为极端自私想法在钱财推手下的祭品。以权谋财，更害了命，王熙凤之罪何至于此事乎？

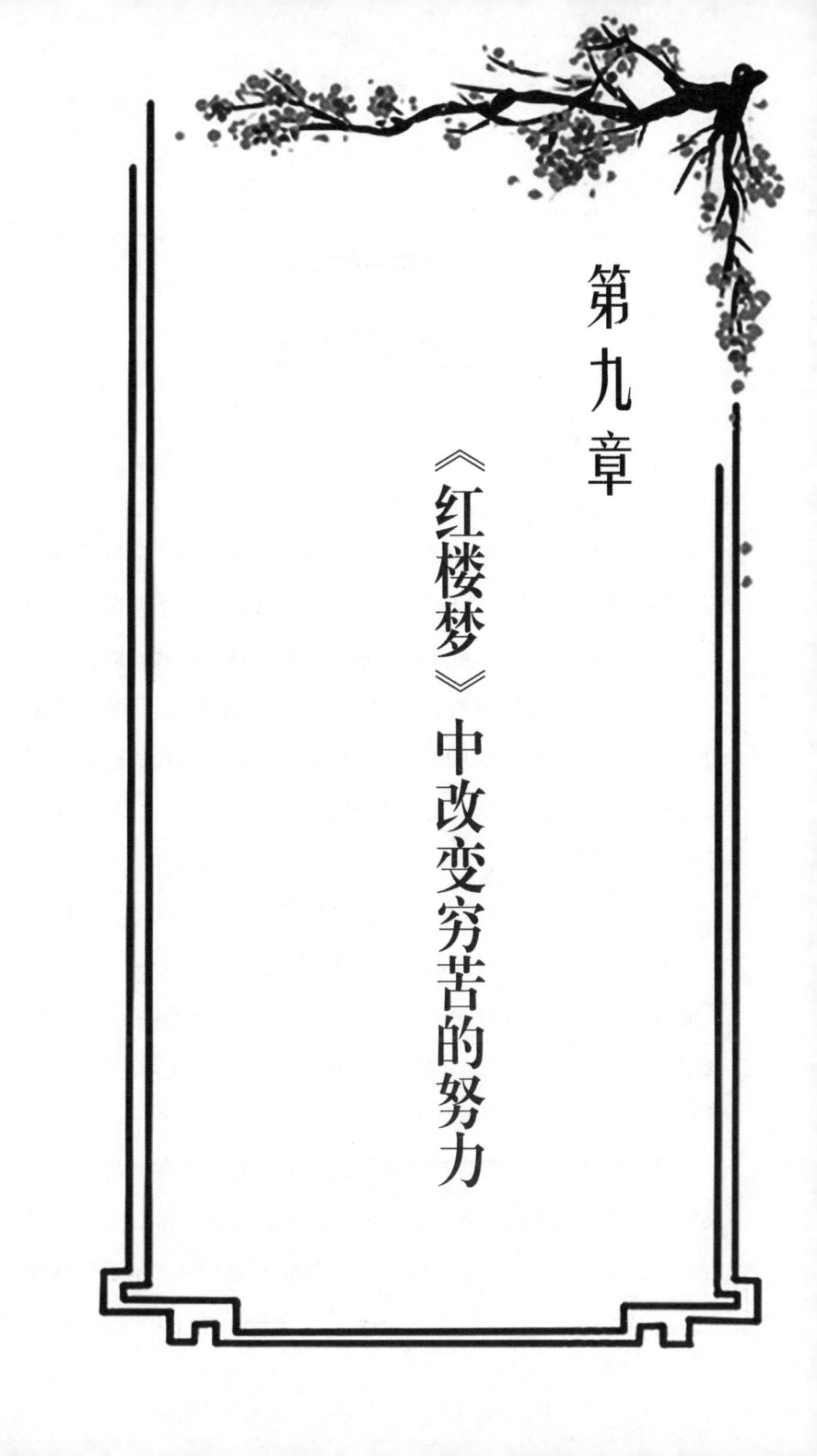

# 第九章 《红楼梦》中改变穷苦的努力

## 第一节

# 贾芸赊账遇势利

贾芸是贾府一个本宗的亲房,贾琏称呼他是为"后廊上的五嫂子的儿子"。元春省亲的消息传开后,要修建省亲别院,贾府就要开始搞建设,有"刚性的投资"意向。这个过程,既是花钱的过程,也是挣钱的过程,特别对于依附在贾府周围的群体来说。当然,贾府中这些手里有开支权力的人也可以在修建省亲别院时捞一笔。贾芸是贾府的一个亲房,也想在这个过程弄点钱,他首先要谋到一事来干。

在贾府修建省亲别院一事中,具体负责的还是贾琏,所以首先应该尝试向贾琏讨具体的事做,贾芸一开始也是去找了贾琏。贾琏告诉他:"前儿倒有一件事情出来,偏生你婶子再三求了我,我给贾芹了。他许了我,说明儿园里还有几处要栽花木的地方,等这个工程出来,一定给你就是了。"

贾芸的判断是,贾琏看似能做主,但还是得王熙凤拿最后的决定,不然,贾琏就可能把这个前儿的事情(经管僧尼之事)先给了自己,而不是贾芹。所以,想把有希望接手的"园子里移栽

## 第九章
### 《红楼梦》中改变穷苦的努力

花木"工程拿到手,应该先从王熙凤身上打主意,于是,贾芸决定给王熙凤送礼,防止这个工程被人"截胡"。

可是,送礼一是要选好礼物,同时需要花点本钱。贾芸懂得"爱美之心,人皆有之"的道理,于是打定主意给王熙凤送点"护肤增白添美"的礼品。但是苦于没有钱,就笃定地来到他舅舅卜世仁家里。他的舅舅开香料铺,料想这一趟来既可以找到适合送礼的香料,也有赊欠的可能。

卜世仁也是贾府的清客之一,经常到贾府陪同贾政,一起吃茶清谈,说古论今。卜世仁问贾芸什么事跑了来。

贾芸道:"有件事求舅舅帮衬帮衬。我有一件事,用些冰片麝香使用,好歹舅舅每样赊四两给我。八月里按数送了银子来。"卜世仁冷笑道:"再休提赊欠一事。前儿也是我们铺子里一个伙计,替他的亲戚赊了几两银子的货,至今总未还上。因此,我们大家赔上,立了合同,再不许替亲友赊欠。谁要赊欠,就要罚他二十两银子的东道。况且如今这个货也短,你就拿现银子到我们这不三不四的铺里来买,也还没有这些,只好倒扁儿去,这是一。二则你哪里有正经事,不过赊了去又是胡闹。你只说舅舅见你一遭儿,就派你一遭儿不是。你小人儿家,很不知好歹,也到底立个主意,赚几个钱,弄的吃的是吃的,穿的是穿的,我看着也喜欢。"

贾芸还没有赊到香料,就先被舅舅编排了一顿,并明确地拒绝了他的请求。一是有风险,欠钱还不上,首先要垫钱,还要被罚二十两银子的东道;二是他的香料铺里没有这些货,也办不到;三是贾芸没有正经事情做。出于这些理由,卜世仁就是答复"不赊欠"。

为了让舅舅赊给他,贾芸还是耐着性子,继续给他舅舅做思想工作。贾芸笑道:"舅舅说的倒干净。我父亲没的时节,我年纪又小,不知事。后来听见我母亲说,都还亏舅舅们在我们家中作主意,料理的丧事。难道舅舅就不知道的,还是有一亩地,两间房子,如今我手里花了不成?'巧媳妇做不出没米的粥来',叫我怎么样呢!——还亏是我呢,要是别的,死皮赖脸,三日两头儿来缠着舅舅,要三升米二升豆子的,舅舅也就没有法呢。"

此时,贾芸先是打感情牌,说自己多可怜,兼说舅舅多好,然后说自己没有败家,不是混街无赖之辈,既有驳舅舅前面的拒绝,也有希望能乞求卜世仁给他帮助。而他这点心思怎么能打动到他舅舅呢,反而被呛了两句,他舅舅拿贾芸与贾芹比较,真是哪壶不开提哪壶!

贾芸这还怎么能坐得住,直接起身告辞。卜世仁道:"怎么急的这样?吃了饭再去罢。"一句未完,只见他娘子说道:"你又糊涂了!说着没有米,这里买了半斤面来下给你吃,这会子还装胖呢。留下外甥挨饿不成?"卜世仁说:"再买半斤来添上就是了。"他娘子便叫女孩儿银姐往对门王奶奶家去问,有钱借三二

## 第九章
### 《红楼梦》中改变穷苦的努力

十个,"你说明儿就送过来"。夫妻两个说话,那贾芸早就说了几个"不用费事",去得无影无踪了。

贾芸赊冰片麝香,被舅舅卜世仁这样无情地拒绝,又在卜世仁与他娘子的对话中被赶出来。作为贾芸的舅舅,卜世仁做得是比较绝情了。

贾芸出来后撞到醉汉邻居倪二,"原来这倪二是个泼皮,专放重利债,在赌博场吃闲钱,专惯打降吃酒"。贾芸给倪二说了他舅舅的一段事。倪二怒骂之后,借给他刚收来的利钱十五两三钱四分二厘,并且不要他利钱,也不要文约。贾芸用此银子,第二天就在大香铺买了冰片麝香,敬奉给了王熙凤,果然在几天后得到种树的差事。(第二十四回《醉金刚轻财尚义侠 痴女儿遗帕惹相思》)

按照人之常情,是"娘亲舅大"的,贾芸的父亲去世得早,舅舅能帮则帮,是情理之中的,但是舅舅没有帮忙。倪二一个泼皮街坊反而愿意帮贾芸,使贾芸最终谋到了差事。倪二在醉酒的时候将钱借给了贾芸,是侠义之举;而贾芸的舅舅卜世仁嫌贫爱富,不给贾芸借钱,成了世人眼中的势利之人。

## 第二节

# 借钱自古为难事

中国是一个农业大国,义与利若要取舍,则义在先而利在后,甚至很多时候谈"钱"是一个比较俗的做法。现实中,"人是利益的动物"的观念支配着人的活动。

借贷关系是人的社会活动关系的其中一种,因为涉及双方利益,所以要有一定的制约性。这是商业文明中必须履行的权利义务关系,古今中外,概莫能外。

在中国也包括当下的社会情况,即血缘关系(亲戚)、地缘关系(老乡)和社交关系(同学、同事等)等,这些往往混杂在一起。所以,小额借贷往往在熟人圈子,有亲戚关系,有老乡关系,有同学关系,也有同事关系等。欠债还钱虽说是天经地义的,但在亲戚关系、老乡关系、同学关系和同事关系中,往往很难设定还钱期限,这些关系成了化解借贷关系中义务的柔软剂。这是人性善的一个方面。

在现实中,有的人借钱就是没有准备还,比如向有钱的老乡借小钱、向有钱的亲戚借小钱。在实践中,这都有一定的限制

## 第九章
### 《红楼梦》中改变穷苦的努力

性。现实中,某个草根明星成名后,可能村里很多人向他借钱,而且借得不少,许多人就明摆了借了不会还、不想还,在这样熟人圈子中的借贷关系是这样。不过,如果他们贷了银行的款,会明摆不还吗?如果他们借了高利贷,会明摆不还吗?

事实上,他们借了银行的钱必须还,因为有法律作保障,不还钱会追究法律责任;他们借了高利贷也会还,因为有冷血的暴力作威胁,不还钱就得承受惨烈代价。在熟人社会中,如果不还钱的话,无论是血缘关系还是地缘关系,都无法通过法律来追究责任。

有一些人总会碰到这样的事情,问某位手头比较松的朋友借三五千元,但他心里就是没有准备还,而且会觉得别人借钱给自己是理所应当的。不管是有血缘关系的亲戚、有地缘关系的老乡,还是同学、同事,越有钱的人越可能碰到这样的情况。但是,借钱的人应该要想到,并非表面上有钱的人实际上真能拿得出钱,他们如果愿意腾出一笔钱来帮你渡过难关,你也得感恩,要学会回报。

借贷关系是一种利益交换关系,借贷双方有权利义务关系。在复杂的血缘关系、地域关系及其他社会关系下,这种权利义务关系可能会变质,这种变质是人性"贪"的一种恶。被借贷人如果不愿意借钱,往往还会受到道德上的谴责。但是,当被借贷人要追回这样的小钱时,又很容易被贴上"吝啬""小气""冷酷"

"没有人情味"等标签。借钱往往借出仇人，就是这么来的。

贾芸的舅舅卜世仁是读者观念中的势利小人，贾芸的街坊倪二是义气好人，这是肯定的。但是从借钱还钱的风险管控角度来看，贾芸一旦确定赊欠他舅舅的银两但不按照预期归还，追债就很难了，总不可能把外甥一家逼死吧；贾芸一旦确定借倪二的银子但不按照预期归还，那么结果可能就是倪二所说的"这三街六巷，凭他是谁，有人得罪了我醉金刚倪二的街坊，管叫他人离家散"。放高利贷的行为，背后是暴力手段甚至无赖手段在撑腰。如果是倪二借钱给贾芸，倪二可能逼着贾芸卖地典房也要把钱收回来。这是一个冷血的风险管控，是唯利是图之下的借贷关系。

真小人，往往比伪君子实在一点，也就是他们会先把丑话说在前面。亲戚之间、老乡之间、同学之间借钱，破坏了多少这样的关系，甚至彼此反目成仇？熟人间借贷的做法真的值得商榷！

# 第九章
## 《红楼梦》中改变穷苦的努力

### 第三节

## 改变自我是根本

常言道,莫欺少年穷。一个人,特别是年轻人,如果没有经历过社会的毒打,对面子就会看得很重。年轻人被拒绝后可能会非常委屈。贾芸被他的舅舅拒绝,还受到带点挖苦讽刺意味的羞辱,他舅舅并不是用激将法,而是真的打心底里瞧不起他,贾芸心里难受是可想而知的。然而,天无绝人之路,他遇到倪二,阴差阳错地帮他解决了难题,他最终谋到了在贾府栽树的差事。人只有改变自己,才可能改变别人的认识。当自身条件发生变化时,外界也会条件反射式地改变,变得积极或消极起来,人性也会在变化中表现出来。

例如,当一个人职位上升时,无论在企业还是事业单位,朝你打招呼的人都会多起来,有什么婚丧嫁娶的事情,人们都会想起你,邀请你参加;一个人有钱时,奔着发财的朋友就多起来;一个人有名时,结交的人也就多起来。但是,一个人学问增加后,虽然朋友也会增多,但是坦诚地讲,不会有太多真心朋友,正所谓"有茶有酒多兄弟,急难何曾见一人"。

反之亦然，一个人倒霉走下坡路时，整个朋友圈就会小起来，亲戚朋友也怕你借钱，也怕你求人，人们都怕跟着你倒霉。所以，朋友间形同陌路人。

这不是人性善恶的问题，而是出于现实需要的选择。试想一下，一个人欠下一屁股债，哪个亲戚、朋友、同学还敢招惹他？事实上，这个人的亲戚、朋友、同学的人品并没有什么问题，只是在这种际遇下，他们的这种做法让这个人觉得世态炎凉。

自我反思一下，你的自我膨胀也是众人把你抬举起来的。别人既然能抬举你，也可以不抬举你。所以，当一个人处于低谷的时候，别人不落井下石就算守住了善良底线。而如果别人还愿意帮助你，那就是这个人的人品好。特别是如果你在遭遇不幸时，对方若还能患难见真情，还能用善良的举措去温暖你，给你尊严，他就不仅是人品好了，但这是可遇而不可求的。

贾府从荣华富贵到大厦已倾，奔走离散，甚至被清算，只不过是中国传统官场文化的一个缩影。一个王朝的更替如此，一个家族的兴替也是如此。其兴也勃焉，其亡也乎焉。

甄士隐对贾雨村有资助之恩，也有相知之情，但是当贾雨村知道甄士隐的女儿英莲的身世时，还是选择为了薛蟠而徇私枉法。贾雨村要在利益算计的大小里取舍，他希望通过此事把与贾府的关系拉得更紧。所以，判案后，他急急忙忙写信给贾府和王府，表功示好。后来他甚至为了讨好贾赦，把石呆子的扇子夺回

## 第九章
### 《红楼梦》中改变穷苦的努力

来,将石呆子害得家破人亡。为了追逐利益,贾雨村是不择手段的。

当贾府败落时,贾雨村助力清算贾府,就有诗词上的句子为证,他就是为利益而站队,算计利益大小。即便在今天,仍然有这样的人。他们的存在告诉我们,人性的复杂随着形势的变化而变化。人之初,性本善,但当面临利益算计、利害大小取舍时,就能体现出人性。

仗义多为屠狗辈,负心多是读书人。每个人对未来的利益期许不一样,选择的方式方法也可能截然不同。这是利益取舍的问题,不完全是道德问题。贾雨村和倪二,就是这样的典型。

贾雨村是一个想光复祖业、干大事情的人,他必须计算利害关系后再取舍;而倪二只想养家糊口但要快意恩仇过生活,他不用考虑太多事情。

趋利避害是人的本能,"人是利益的动物"是对人性的一种解释。

# 第十章

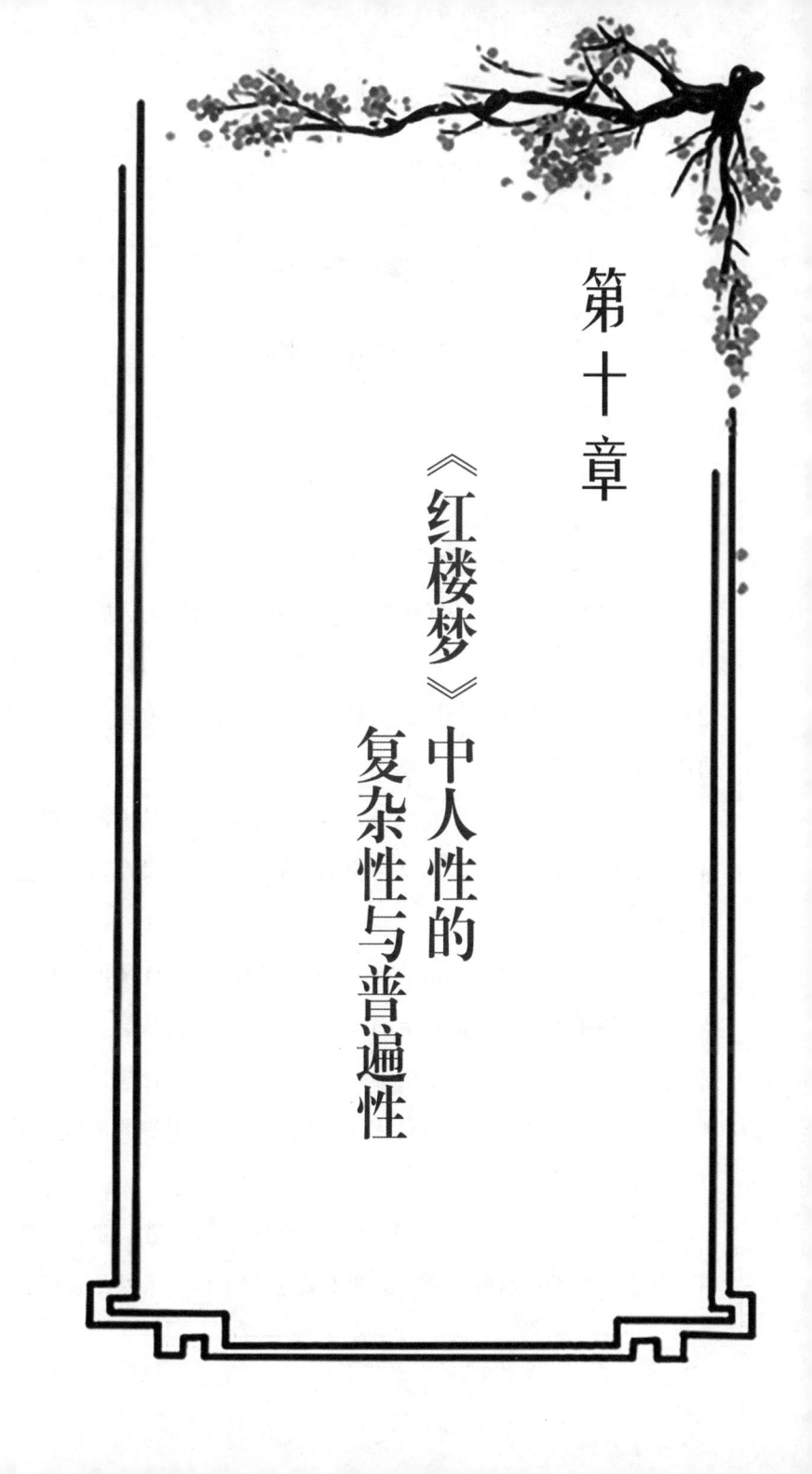

## 《红楼梦》中人性的复杂性与普遍性

## 第一节

# 复杂的人性

人性的复杂多变，是多方面因素造成的，也可以展现不同的方面，可以有多样性。《红楼梦》作品中不同阶层的人物，在面对不同利益取舍时，显示出的人性不仅仅属于那个时代。在不同的时代，当这个人物在他所处的阶层，因为利益的取舍，所显示的选择有恒定性。

比如在经济选择上，人总是希望选择利益最大的方向，趋利避害；在婚姻家庭上，人总是希望选择双方价值观最贴切的，这也是人之常情。

再比如贪污，这可能是从有人、有阶级以来就伴随的。总有些人想利用手头的方便而不劳而获。一个人能够从基层上升到高层，如果不是足够优秀，是很难做到的。但是，随着权力越来越大，诱惑会越来越多，就不是法律法规、道德框架等约束机制可以令他们自律了。

官员们不是被经济利益围猎，就是被美色围猎，被名声围猎，甚至被所谓的雅好围猎。如果有足够的条件，人性的贪婪会

## 第十章
### 《红楼梦》中人性的复杂性与普遍性

被外界客观条件引诱出来。这就是那些围猎者屡试不爽的原因！他们更深层次地了解人性，了解人的缺点。所以说，人只要有欲望，就会有弱点。

"心怀利刃，杀心自起"，有了能够支配欲望的条件，欲望自然就会膨胀起来。不是所有人都会自省、自律的。在法治社会里，要遵守的法律条文是最低标准，但不是最高标准。

社会制度反映的多是，尽可能地通过社会制度来发挥人的善，遏制人的恶。《红楼梦》中，贾芹的母亲托王熙凤给自己儿子谋个差事，并且最终谋到了。但是到头来，贾芹带头吃喝玩乐，最终还是把自己害了，连差事也丢了。如果贾芹每次支出的银两有检查，并有一定的督查，这样，挥霍和吃喝玩乐的次数就会少很多。制度上的漏洞让贾芹在尼姑庵有了绝对的支配权力，但由于没有监督力量的制衡，他这个恶就肆无忌惮地显露。

人性中的一些欲望没有显露，可能是支持欲望的条件没有出现，比如俭朴。俭朴是在道德层面提倡的，无论是诸葛亮的《诫子书》还是司马光《训俭示康》，都提出了俭朴的重要性。可是，诸葛亮是三国时期蜀国的丞相，位极人臣，是一人之下万人之上的人，他强调的俭朴是在有足够物质基础之上的俭朴；司马光是北宋的名相，也是宰辅之位，也是位极人臣的人，他强调的俭朴也是在实至名归的物质基础之上的。虽然会从道德层面上讲俭朴的美德，讲俭朴的重要性，但对于生活底层特别是追求温饱、挣扎于生存线上的群体来说,俭朴往往意味着物质的贫乏,不然的话,对物质的基本追求就会有越来越高的期待。

贾府的仆人李十儿是跟着贾政做粮道去的,但在贾政任上,李十儿这些通过关系做远行的仆人,是典卖了一些财产才得到这个机会的,目的就是捞好处,否则为何要跟贾政去那么远的地方做随从?

果不其然,李十儿和当地的师爷联手,会同其他人一起做非法勾当,谋得一定收入,贾政虽然得知,但无力管辖。贾政的仆人都捞到了好处,这在哪里体现出来的?王夫人在得知贾政被参,派贾琏到吏部打听消息。贾琏回禀王夫人,贾政被参的罪名就是"失察属员,重征粮米,苛虐百姓,本应革职,姑念初膺外任,不谙吏治,被属员蒙蔽,着降三级,加恩仍以工部员外上行走,并令即日回京"。王夫人便道:"打听准了么?果然这样,老爷也愿意,合家也放心。那外任是何尝做得的!若不是那样的参回来,只怕叫那些混账东西把老爷的性命都坑了呢!"贾琏道:"太太哪里知道?"王夫人道:"自从你二叔放了外任,并没有一个钱拿回来,把家里的倒掏摸了好些去了。你瞧那些跟老爷去的人,他男人在外头不多几时,那些小老婆子们便金头银面地妆扮起来了,可不是在外头瞒着老爷弄钱?你叔叔便由着他们闹去,若弄出事来,不但自己的官做不成,只怕连祖上的官也要抹掉了呢。"

# 第十章
## 《红楼梦》中人性的复杂性与普遍性

李十儿他们弄到了钱就开始显摆,如果说作为在下层的仆人,其生活都不稳定,怎么会有不"俭朴"的理由?不过,一旦有不菲的收入,"金头银面"都要显摆起来,这是人性的弱点。

## 第二节

# 拥有资本就容易豪横

因为王熙凤身体不好,王夫人便让李纨牵头,并由探春和宝钗介入治理家务事。探春治家时,她的舅舅赵国基死了,按照份例,应该给二十两银子,但是回事的媳妇想着探春是个年轻的姑娘,就故意给探春出难题,想给探春一个下马威,结果被探春狠批了一顿。回事的媳妇并没有按照规矩办,而是按照特例给四十两银子的标准办(讨好赵姨娘),探春经过查询成例发现后,最终按照二十两银子的成例办了。所以,赵姨娘要银子,找探春来闹腾,结果是自讨没趣。这个呆头的赵姨娘就是无法做到自省,因为贾环蔷薇硝的事情,她气不过,跑到怡红院去抽打芳官。一个贾府的姨娘竟然与一个丫鬟打架,更何况还是打个孩子,闹腾得不像话。

在探春治家时,为什么会发生这样的事情呢?那是因为她认为自己的闺女当家了,可以耍威风了,她压抑很久的情绪终于找到一个释放的渠道。

但是,同样的事情,如果是王熙凤当家,她敢闹腾吗?她肯

## 第十章
《红楼梦》中人性的复杂性与普遍性

定是不敢的。一人得道,鸡犬升天。探春临时当家,让这个亲生母亲有了显摆的可能,赵姨娘才把这样的情绪发泄出来。而赵姨娘的压抑,在贾府里是一直存在的,她长久压抑自然会产生邪恶之心。所以才有了马道婆挑唆她出银子,通过"魇镇"手法,让宝玉和王熙凤都中邪病倒,以解自己心中的恨,明着来不了,便暗中使邪恶,这是人性的阴暗面。

《红楼梦》中的薛蟠,表现出的只是一个纨绔子弟的豪横。但在社会中,往往只要有资本,就容易豪横。

例如,中国人讲究人多力量大,所以生孩子多多益善。相比起兄弟少的家庭的孩子,兄弟多的家庭的孩子就是豪横,在农村尤其如此,原因何在?因为兄弟多,碰到争执与打架之类的事情时,就敢惹事,也敢出手。老幺尤其是这样的,中国人的习惯是宠小的,兄弟之间也往往是宠爱小的。慢慢地,这个老幺就成了脾气最不好的一个,渐渐变得豪横。家里人兄弟都让着他,他在外面惹事后,还能有一堆哥哥维护着他,老幺逐渐成了横行霸道的人。因为什么?仗势欺人呗,人数多就是资本,打架也不怕,特别是群架,兄弟多的就是比兄弟少的"横"。由此,人性可见一斑!

## 第三节

# 微利可让，大利必争

《三字经》上有一句"融四岁，能让梨"，"孔融让梨"的故事成为兄弟之间乃至人与人之间谦让的一个典范。这也从小教导孩子们，在发生争执、冲突或小矛盾时，可以采用谦让的方法。

探春说过："我说倒不如小人家，虽然寒素些，倒是欢天喜地，大家快乐。我们这样人家人多，外头看着不知外面千金万金小姐，何等快乐？殊不知我们这里说不出来的烦事，更厉害。"

为什么探春会讲这样的话？因为她看到家族内部的争斗，这些争斗背后藏着"利益"二字。相比之下，小户人家没有特别多财富的争夺，反而人情味浓一些。

中国最传统的大户人家是帝王之家，他们之间温馨吗？"无情最是帝王家"，因为帝王的继承者一般比较多，而帝位只有一个，争斗起来就不是争吵这么简单，而往往是你死我活的斗争和杀戮！带着血腥，带着无情，这个利益的背后往往不是一个人、几个人或者一小撮人的事情，而是巨大的利益。这样，人性如何能不被摧残？

# 第十章
## 《红楼梦》中人性的复杂性与普遍性

比较有影响的是唐高祖武德九年（626年）的玄武门之变，秦王李世民发动兵变，杀死了他的哥哥——太子李建成，又杀死了他的弟弟李元吉，成为皇太子；后逼唐太祖李渊退位，李世民登皇位，是为唐太宗。

比如明英宗朱祁镇在正统十四年（1449年）北征瓦剌，发生土木之变被俘。为了稳定明朝局面，他的弟弟朱祁钰继承皇帝位，是为代宗。八年后，英宗回朝，趁着代宗病重发生复辟，废代宗皇位，半月后，代宗死去。

再比如清代康熙皇帝晚年，两次废黜太子胤礽，九子夺嫡，后来四皇子胤禛继皇位。这几个兄弟通过圈禁、抄家等方式，基本上消灭了反对力量。《红楼梦》的作者曹雪芹家就是因属太子胤礽一党而备受打击抄家的。

可见，"让"还是"争"，反映人性的态度，与利益的大小有很大关系。即便是现在，大富商死了，仍然有停棺未安，利益关系者就为了财产争斗而对簿公堂，甚至打得头破血流。有句话叫"当诱惑足够大的时候，灵魂都可以出卖"，更何况亲情，"微利可让，大利必争"是一个社会的常态。

人都是有欲望的，都有邪恶的一面，只是因为被理性控制而没有表现出来。一旦外界刺激大于理性控制的一面，人性中邪恶、冷酷无情的一面就会表现出来，就会造成血腥、杀戮、惨无人道的后果。当诱惑足够大的时候，这些都会一定程度地显露，只有极少数圣贤能做到见大利而谦让不争。当然,这个"大利"是从不同层面来讲的。不同阶层的人面对着不同的利益诱惑,这些诱惑如果能打动他的心,勾起他的贪念和欲望,他就可能为了争取这个利益,将亲情、道德、人伦都抛到一边去。

# 第十章
## 《红楼梦》中人性的复杂性与普遍性

### ❖ 第四节 ❖
# 人性的善恶与阶层关联不大

现实生活中，总会遇到需要去求人的小事，人性的恶在身边也会体现出来。《红楼梦》中，刘姥姥一进荣国府时，她要先找到周瑞家的，而她不知道周瑞家的在哪里，去荣国府的大门看到是轿子来往，不敢去问，只好蹭到角门来。

只见几个挺胸叠肚指手画脚的人，坐在大板凳上，说东谈西。刘姥姥只得蹭上来问："太爷们纳福。"众人打量了她一会，便问"哪里来的"。刘姥姥赔笑道："我找太太的陪房周大爷的，烦哪位太爷替我请他老出来。"那些人听了，都不瞅睬，半日方道："你远远的在那墙角下等着，一会子他们家有人就出来的。"内有一个老年人说道："不要误她的事，何苦耍她？"因向刘姥姥道："那周大爷已往南边去了。他在后一带住着，他娘子却在家。你要找时，从这边绕到后街上后门上去问就是了。"

贾府角门上的守门人，刘姥姥要称呼"太爷"，并先道福再问事情。但是这些看门人先是"打量了她一会"才问。刘姥姥说了来意，这些人是"不瞅睬，半日方才道"，并说到"你远远的在那墙角下等着"。

有句话叫"宰相门前七品官",功勋政治世家门口的看门人真是这个调子。后面有"茯苓霜"一节,就写到要拜访贾府的人,先打点给门口站班的人"好处费"。显然这些人进出传话,虽是职责之事,但都想"揩油"。为什么要冷落刘姥姥?就是因为刘姥姥只有一句空洞的"纳福"话,而没有实际好处。权贵之家的看门人得一点小小的权力就对人如此使唤,如果大权在握,他们会怎么样?

不单权贵之家的看门人如此,就算在普通劳动者中,也有这样的人,他们把别人请他帮忙的事或本来是他自己分内的事故意做不好,故意为难人家,这就显示出人性的恶。贾母在给巧姐儿说做好女工之事时,就特别提到了"不被下人拿捏"的事情。现实生活中,常常有人凭借自己的职业所长,做各种为难人的事情。有各类师傅,如木匠、泥瓦匠,也有医生,也有司机,还有老师,甚至挑大粪的人,都可能在别人需要的时候,把本来是分内的事去为难别人。这些人虽然是基层劳动者,但也会希望他人看到自己的重要性,或者是他们也有贪小便宜的想法,这样就会自我放纵,把人性中恶的一面表现出来,这也算是一种豪横,而且这种现象普遍存在着。这是人性中的恶的表现。

# 第十章 《红楼梦》中人性的复杂性与普遍性

## 第五节 《红楼中》中人性的普遍性

《红楼梦》中显示的人性与当下对比，当下的人性并没有超出《红楼梦》中种种人性的地方。依附官员需要升迁的，依然在用各种关系攀附；需要用银子换官位、买官卖官的，依然如此；家庭条件好、不好好读书的纨绔子弟，依然不会好好读书。现在如此，以后也不会杜绝，就是人性随着整个生命个体的成长，伴随着人生老病死的过程。

人的物质条件生活改变了许多，但是，人性中的善和恶并没有很大改变，只是物质的极大丰富掩盖和弱化了许多丑恶面。一句俗话说得好："一个好人，饿三天就起歹心。"可见，物质条件对人性的恶是有一定抑制作用的，但是不绝对消除。

人性的恶往往会随着物质条件的改善而逐渐隐藏，所以从来都有"饥饿和贫穷，是暴力社会变革的原动力"的说法。人的追求层面学说——马斯洛的需求层次理论一定程度上解释了这个问题。"仓廪实而知礼节"，物质条件的基本满足能在一定程度上减少暴力的发生。

过度的物质丰富也会引发人性中的恶，无法无天的往往是有钱有权有势人家的子弟，因为犯罪成本低，所以他们即使犯错误，也有足够资源来摆平这些问题。支配欲和犯罪欲强烈的往往不是贫穷的人，拥有超出常人的物质财富和社会地位更加容易诱发人性的恶。更何况，这些人更容易挑战法律和道德的底线，"我爸是某某"就是这种思想的表现形式之一。

每个人的生命都有一定的时间长度，老一辈人的生命老去，伴随着新一辈人的出生和逐渐成长，并且在这样一代代人生老病死的进程中，人性的复杂和善恶也在重复上演。

近代以来，在中国国力不如人的时候，中国人被人欺凌，那时中国的"什么都是坏的"。一部分文人忙着糟蹋自己的文字，喊出了"汉字不改，中国必亡"的口号，喊出"中医是最大的欺骗"的自毁口号。同样是文字，汉唐时代为什么那么强大？我们的文字不好，却记录了世界上最全面的历史资料，这可能吗？我们的中医不好、不科学的话，世界上最大的民族能繁衍到今天吗？

"人穷志短，马瘦毛长"，每个人拥有的物质条件不同，在社会中的地位、底气也不同，这不仅表现在经济方面，在精神层面也是如此。

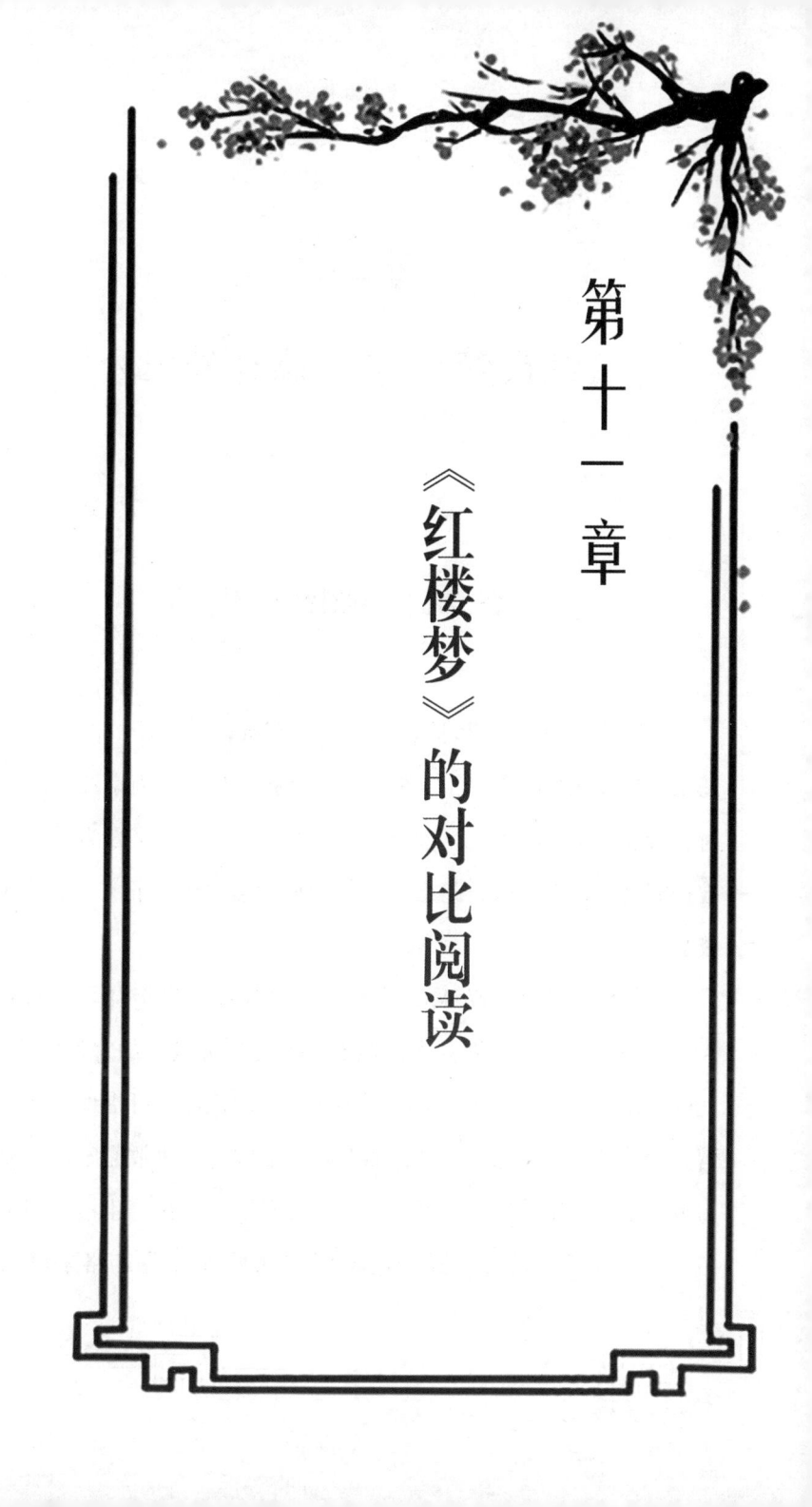

# 第十一章 《红楼梦》的对比阅读

## 第一节

# 《红楼梦》与《儒林外史》

### 一、曹雪芹与吴敬梓的时代背景

曹雪芹（1715—1763），名霑，字梦阮，号雪芹，祖籍辽宁辽阳，生于江苏南京，江宁织造曹寅之孙。早年在南京江宁织造府过着非常富足的生活，雍正六年（1728年），曹家因为亏空而被抄家查封，后来移居北京，晚年在西山著《石头记》，即《红楼梦》。

吴敬梓（1701—1754），字敏轩，号粒民，晚年自称文木老人，安徽省滁州市全椒县人。他的家族为地方世族的官僚家庭。他的父亲去世后，给他留了两万多两银子的遗产。可惜他不会经营，生性豪爽，又急人所难，加上倾酒歌呼，很快败光家产，成为败家子。晚年的他生活困顿，靠卖文和朋友的接济生活。到了冬天，太冷了，无法入睡，就与朋友在城外绕着走路来暖脚过冬。

# 第十一章
## 《红楼梦》的对比阅读

曹雪芹和吴敬梓有着相同的生活背景,他们都经历过童年锦衣玉食而晚年困顿难活命的窘迫。对他们这样的富贵子弟来说,经历人生这种大起大落,最后挣扎在生命线上,痛定思痛,对生活进行思考,对世态炎凉的感受肯定是非常深刻的。

曹雪芹有功勋政治家庭背景,落魄到"举家食粥酒常赊"[①]的地步,吴敬梓也是到了"明晨衔泥问杨子,妻儿待米何时还"[②]而需要请求朋友资助的境地。

相同的时代背景,相同大起大落的人生,相同的晚年困顿,给了两位文人很大的苦难张力,去滋润他们的笔墨。令他们能够用非常饱满的事件描述、人物刻画、语言交流以及世态变迁,分别用不同方式表达文学作品,把时代性的内容通过跨越时空的方式表现得淋漓尽致,给人深入思考和体现文化价值。

曹雪芹是贵族文人,这与他们祖上很早入旗籍有关,也与他的曾祖父曹寅是康熙皇帝的伴读有关,所以,曹雪芹的富贵圈子更偏向皇亲国戚的权贵圈子,不少还是满族的朋友;吴敬梓家族是地方官僚世族,他们的圈子主要是文人圈子或官僚圈子,尤其是汉族的文人圈子,这与科举制度考试形成"学而优则仕"的儒家思想有关。这就使得《红楼梦》与《儒林外史》在表现内容上有明显差别,进而曹雪芹和吴敬梓的文学作品上也有差别。

---

① 诗句出自爱新觉罗·敦诚《赠曹雪芹》。
② 诗句出自吴敬梓《雨》。

## 二、文字狱下的《红楼梦》与《儒林外史》

《红楼梦》和《儒林外史》的作者经历了清代康熙、雍正、乾隆三朝，一方面形成了"康乾盛世"的财富充盈和国力鼎盛的局面；另一方面则从满族异域民族进入中原后，从清朝立国就有一个文化传播上的打压和高压的"文字狱"传统。清代康熙年间，比较大的案件有庄廷鑨的《明史》案、戴名世的《南山集》案；雍正年间，比较大的案件主要是曾静和吕留良案；乾隆年间，主要案件则是伪孙嘉淦奏稿案、王锡侯《字贯》案。这些文字狱桩桩在前，在写小说的时候，就要规避这些时间点，以防不测，所以成书于清代乾隆年间的《红楼梦》，其故事"朝代年纪"就难以考据。

《红楼梦》第一回《甄士隐梦幻识通灵  贾雨村风尘怀闺秀》，对于女娲遗石上的内容，空空道人向石头道："石兄，你这一段故事，据你自己说有些趣味，故编写在此，意欲问世传奇。据我看来，第一件，无朝代年纪可考；第二件，并无大贤大忠理朝廷治风俗的善政，其中只不过几个异样女子，或情或痴，或小才微善，亦无班姑、蔡女之德能。我纵抄去，恐世人不爱看呢。"所以，开宗第一篇就说到了此书无朝代年纪可考。

《儒林外史》的故事也是如此。它是从元末明初的楔子开始写的，从王冕引发故事一直写到万历四十四年（1616年），用整

# 第十一章
## 《红楼梦》的对比阅读

个明朝时间段的故事来写清代的"当下儒林"。《红楼梦》和《儒林外史》创作的时代背景有一定相似性,但写的圈子是不同的。

这种胆战心惊的文学创作态度,把时空转换得模糊了,似乎与当下无关,因为他们创作的时候依然是"文字狱"盛行的时代。在写作过程中,既要映射现实,又不能对当下进行嘲讽,那就要非常隐晦地描写,或者移花接木,表示出这不是今天的故事,才能规避迫害。这样,也给作家提出了更高的要求。

## 三、权贵圈子和儒林圈子

《红楼梦》中的贾家、薛家、史家、王家这四大家族都是功勋政治家族,只因贾府的元春被封了贤德妃就成了皇家亲戚。而这四大家族之间不仅有联姻关系,他们在各自圈子里也形成了新的联姻或其他亲戚关系,比如迎春嫁人、探春嫁人,都有这样的渊源。

再比如,经常来贾府的冯紫英也是京城的人物;薛蟠娶妻娶的也是买卖商人家的夏家女儿,也讲究门当户对。所以,还是要在同一个层面找联姻关系,这是很现实的问题。

《儒林外史》既然强调了"儒"字,就与"读书人"不无关系。《儒林外史》是将读书人与科举考试制度联系在一起，通过现实手法，几近白描式地借明代之事写清代之弊端。宋代大儒张载提出"为天地立心，为生民立命，为往圣继绝学，为万世开太平"的主张，是读书人一个标志性的思维境界和行事准则。按照读书人的道德标准，吴敬梓笔下的"儒生"的水平是比较高的，但在现实中往往比较虚伪，甚至和愚昧交织在一起。比如，《儒林外史》中的主要人物周进、范进都是科举考到五六十岁仍难中秀才。周进考到六十岁也考不中秀才，激动之下就一头撞在木板上，但居然没有死，号啕大哭中，几个商人看不过去，就凑钱给他捐了个监生。谁料想，他接着考中举人，又考中进士，还有了官职。最著名的莫过于范进中举式的癫狂。老丈人胡屠户因为害怕范进疯狂，担心产生危险，就先打了他一个巴掌。后来老丈人知道范进是因为中了举人而疯狂，他害怕女婿日后当上县太爷就秋后算账，赶紧讨好式地说这是为他好。他的老丈人胡屠户的巴掌打的是前倨后恭，由此可见人心的变化。

周进、范进一生的荣辱都与科举的成败挂钩。但是，读书人的良知与道德修养并没有在他们身上得以完美体现，反而表现出虚伪、贪财、冷酷的一面。比如，《儒林外史》中还写到严监生吝啬，是因为他的监生是捐来做的，他对财产就看得很重。临死前，他还伸出两个手指头，其他人看不懂，只有他老婆懂他是指照明用的灯，灯草芯子是两个，这样太浪费油了，要灭掉一个灯

# 第十一章
## 《红楼梦》的对比阅读

草芯子，他才能闭眼死去，吝啬如此！

南怀瑾先生讲过一句话，读书人的缺点是"既要清高，又怕穷"。这些儒生进入科举制度的阶层，中举也罢，中进士也好，有了当官的资本，当了官，就是清名想要，实惠更想要，甚至更加贪婪。因为进入体制之前穷了很久，也穷怕了，所以有点不顾"吃相"，完全把儒家的优秀品质弄没了。

宋代的晏殊入朝廷到京城办事后，因为穷，在休假期间没有出去游玩，就在家里同子弟们读书。后来，真宗皇帝选教太子读书讲官，就选了晏殊。众臣不明白为什么选晏殊，真宗说个中原因是其他大臣都去游玩了，只有晏殊在家读书。当有机会向真宗单独汇报时，晏殊道出他不去游玩的真相，是因为没有钱去，如果有钱他也会去游玩而不在家读书。他这种诚实的态度，让真宗皇帝更加信赖他。仁宗登基后，晏殊官至宰相。论语所说的"执事敬，居处恭，与人忠"是一个起码的行为标准，而在现实生活中，人们往往是做不到或者难做到，读书人尤其如此。

《红楼梦》中的权贵圈子和《儒林外史》中的官僚圈子，都是一个时代的现实在文学作品中的映射，在同一个时空点不同层面，显示这个时代与社会的各个层面。伟大的作品之所以能流传长久，就是因为作品本身对人性的揭示超越了时空，给人以启发。

## 第二节

# 《红楼梦》与《金瓶梅词话》

　　《金瓶梅词话》①成书于明代嘉靖至万历年间（1522—1620年），与《三国演义》《水浒传》《西游记》合称"四大奇书"。作者是兰陵笑笑生，该小说借《水浒传》中武松杀嫂的故事做引子，表面上写宋代的故事，实际上写明代的生活。此书开启了文人小说的视角，以生活为观察点和描写的先河，《红楼梦》的创作也受此书的深刻影响。

　　可惜的是，《金瓶梅词话》中因带有一部分关于男女性爱方面的描写，其推广难度就加大了。清代康熙年间的张竹坡对此书进行了评点，肯定了它的价值，这是目前研究该书的一个重要参照。但是，作为以生活为视角展开叙述的《金瓶梅词话》与《红楼梦》，各自都有一些价值特点。

　　这主要有三个方面。

---

① 本书所参考的版本是兰陵笑笑生. 金瓶梅词话［M］. 北京：人民文学出版社，2008.

# 第十一章
## 《红楼梦》的对比阅读

## 一、性文化"雅"与"俗"的对比

性文化描写，中国传统文化注重"礼"，即便是夫妻之间的性生活，也要冠名"夫妻之礼"，这是多么文雅。而论语曰："食色，性也。"这是从根本上指出作为人伦原始起点的"色"。《周易》的上下经中，上经三十卦，以乾坤开始；下经三十四卦"咸恒为开始"，"咸者，感也"，少男少女互相喜欢、相互吸引，是人伦社会关系的起点。但传统观念中，这些都需要很隐晦地表达。

《红楼梦》写少男少女之情，不能回避这个问题，所以曹雪芹新造了一个词语"意淫"，把心里的"性欲"期待放在精神层面表达。且看"意淫"的来历，出自第五回《游幻境指迷十二钗 饮仙醪曲演红楼梦》：

贾宝玉到太虚幻境，看了怨情司的"金陵十二钗"册子后，警幻仙子道："尘世中多少富贵之家，那些绿窗风月，绣阁烟霞，皆被淫污纨绔与那些流荡女子悉皆玷辱。更可恨者，自古来多少轻薄浪子，皆以'好色不淫'为饰，又以'情而不淫'作案，此皆饰非掩丑之语也。好色即淫，知情更淫。是以巫山之会，云雨之欢，皆由既悦其色、复恋其情之所致也。吾所爱汝者，乃天下古今第一淫人也。"宝玉听了,吓得忙答道:"仙姑差矣。我因懒于读书,家父母尚每垂训饬,岂敢再冒'淫'字。况且年纪尚小,不知'淫'字为何物。"警幻道:"非也。淫虽一理,意则有别。如世之好淫者,不过悦容貌,喜歌舞,调笑无厌,云雨无时,恨不能尽天下之美女供我片时之趣兴,此皆皮肤滥淫之蠢物耳。如尔则天分中生成一段痴情,吾辈推之为'意淫'。'意淫'二字,惟心会而不可口传,可神通而不可语达。汝今独得此二字,在闺阁中固可为良友,然于世道中未免迂阔怪诡,百口嘲谤,万目睚眦。今既遇令祖宁、荣二公,剖腹深嘱,吾不忍君独为我闺阁增光,见弃于世道,故特引前来,醉以灵酒,沁以仙茗,警以妙曲,再将吾妹一人,乳名兼美,字可卿者,许配与汝。今夕良时,即可成姻。不过令汝领略此仙闺幻境之风光尚如此,何况尘境之情景哉!而今以后,万万解释,改悟前情,留意于孔孟之间,委身于经济之道。"说毕,便秘授以云雨之事。于是推宝玉入房,将门掩上自去。

此情节后,顺理成章地写到贾宝玉出现梦遗的生理现象,而袭人与贾宝玉偷试一番也在情理之中,对此描写也是比较隐晦。再如第七回《送宫花贾琏戏熙凤 宴宁府宝玉会秦钟》,贾琏从江南回来与王熙凤"小别胜新婚",用丫鬟倒水洗漱来暗写。第二十一回《贤袭人娇嗔箴宝玉 俏平儿软语救贾琏》,"贾琏弯着

第十一章
《红楼梦》的对比阅读

腰恨道……"为暗写。整体上,《红楼梦》写"性"多是暗写,特别是创造了"意淫"这个词后,"情欲"的表达似乎也就委婉了许多。

成书于明代的《金瓶梅词话》,其中对"性"的描写就十分明显。特别是对主人西门庆与他的姨太太们,以及所谓的偷情者、下人的老婆等,有关"性"的描写就显得比较露骨,以至于被当作是"黄色书籍"来对待。即便是现在能看到的版本,绝大多数也是将"性"描写的内容删除后出版的。更何况,作者兰陵笑笑生究竟是谁,我们都无法考证,也可能怕因描写露骨而被后世清算吧。

## 二、视角见识"贵"与"富"的对比

《红楼梦》的作者曹雪芹,是出身于功勋政治家庭的作家,他从小的所见所闻都受到家庭中物质、精神层面的影响,他在作品中呈现的视角描述点就是他在生活中的体验观察点。现在有个网络说法是"贫穷限制了我的想象力",作家在作品中展示的物质和精神的形象,是他在生活中直接或者间接体验过的。

比如说,林黛玉进贾府后,不论是写吃饭的礼节还是庭院布置、家居陈设、日用摆件等,都是作家的真实体验在作品中的反映，或者说，这种反映就印证或展示了这位作家在这一方面的修养。黛玉进贾府后，由王夫人带去见贾政，当黛玉看到贾政住处时，写的夹批主要是对家中摆件的一些描述："老嬷嬷听了，于是又引黛玉出来，到了东廊三间小正房内。正房炕上横设一张炕桌，桌上磊着书籍茶具，靠东壁面西设着半旧青缎靠背引枕。王夫人却坐在西边下首，亦是半旧的青缎靠背坐褥。见黛玉来了，便往东让。黛玉心中料定这是贾政之位。因见挨炕一溜三张椅子上，也搭着半旧的弹墨椅袱，黛玉便向椅子上坐了。"

此段夹批中写道："此处则一色旧的，可知前堂正室中，亦非家常之用度也。可笑近之小说中，不论何处，则曰商彝周鼎、绣幕珠帘、孔雀屏、芙蓉褥等样字眼。"[1]

林黛玉进贾府的描写和眉批为："近闻一俗笑语云：一庄农人进京回家。众人问曰：'你进京去可见些个世面否？'庄人曰：'连皇帝老爷都见了。'众罕然问曰：'皇帝如何景况？'庄人曰：'皇帝左手拿一个金元宝，右手拿一个银元宝。马上稍着一口袋人参，行动人参不离口。一时要屙屎了，连擦屁股都用的是鹅黄缎子。所以京中掏茅厕的人都富贵无比。'""试思凡稗官写富贵字眼者，悉皆庄农富贵进京之一流也。盖此时彼实未身经目睹，所言皆在情理之外焉。"

---

[1] 曹雪芹. 脂砚斋重评石头记：甲戌本 [M]. 北京：人民文学出版社，2010.

# 第十一章
## 《红楼梦》的对比阅读

　　这段夹批和眉批的内容告诉读者，真正功勋政治家庭的日常是这样的，而不是这个"庄农人"凭自己"脑海的想象"。而富贵人家与皇家的生活可能有着更大的区别，其中典型的故事莫过于《世说新语》中"王敦吃枣"的故事。

　　王敦刚和公主结婚时，上厕所看见漆箱里装着干枣。这本来是用来堵鼻子的，王敦却以为厕所里也摆设果品，便吃起来，竟然把干枣都吃光了。出来时，侍女端着装水的金澡盘和装澡豆的琉璃碗，王敦便把澡豆倒入水里喝了，以为是干粮。侍女们都捂着嘴笑话他。晋代的王家是顶级的大家族，王敦也不是没有见过世面的人。不过，当他刚进宫廷时，他还是闹出把厕所里摆着用来堵住鼻子、隔离臭味的干枣拿来吃，把洗澡的澡豆当干粮吃的笑话，这就显示了贵族家庭同皇族家庭生活差距之大，这种差距不是一般人能想象出来的。所以，《红楼梦》中，无论是写林黛玉进贾府还是写薛宝琴看贾府祭祖，都反映出功勋政治家庭富贵的日常。

　　而《金瓶梅词话》中，西门庆的家仆来保送礼给蔡京打点到京师后，拜见蔡太师之子蔡攸。从作品中，我们无法读出蔡京作为一朝宰相，他府第的庭院结构是什么样的，家里是什么样的陈设。书中的基本描述只有"坐北朝南，三间敞厅，绿油栏杆，朱红牌额，石青填地，金字大书，天子御笔钦赐'学士琴堂'四字"，可见作者没有这样的功勋政治家庭的直接体验。（《金瓶梅

词话》第十八回《来保上东京干事　陈经济花园管工》)

反过来，《红楼梦》中，因为秦可卿丧礼，王熙凤带宝玉到农家暂住时，对农家的庭院以及农家的用具描写没有那么详细，可见作者在这方面体验是比较少的；同样，贾宝玉去了袭人家里，对袭人这样小门小户人家的描写也极其简单。《金瓶梅词话》中，作者描写清河县王招宣的庭院结构、字画甚至书法比较细致。(《金瓶梅词话》第六十九回《文嫂通情林太太　王三官中诈求奸》)

从中可见，《红楼梦》作者对功勋政治家庭有着深刻的生活体验，而对下层人家的家庭情况是比较生疏的；《金瓶梅词话》的作者可能是某个地方的富贵之家，对于财主型人家和县地方富贵人家有比较多的体会，但对京师的达官贵人、宰辅官宦的生活就比较陌生。

## 三、礼节文化"雅"与"俗"的对比

礼节文化，说直白了就是阶层文化，或者今天所说的圈子文化。《红楼梦》描写的主要是功勋政治家庭的人家，所以其礼节文化中，交往圈子首先是同一阶层的勋贵家族。而《金瓶梅词话》中写的社会阶层是以市井人物为主流的群体，这样显示出来

## 第十一章
## 《红楼梦》的对比阅读

的圈子文化就有很大区别。贾府的社交圈子在《红楼梦》秦可卿丧礼中就可体现出来。书中第十四回《林如海捐馆扬州城　贾宝玉路谒北静王》写道：

> 那时官客送殡的，有镇国公牛清之孙现袭一等伯牛继宗，理国公柳彪之孙现袭一等子柳芳，齐国公陈翼之孙世袭三品威镇将军陈瑞文，治国公马魁之孙世袭三品威远将军马尚，修国公侯晓明之孙世袭一等子侯孝康，——缮国公诰命亡故，故其孙石光珠守孝不曾来得。这六家与宁、荣二家，当日所称"八公"的便是。余者更有南安郡王之孙，西宁郡王之孙，忠靖候史鼎，平原侯之孙世袭二等男蒋子宁，定城侯之孙世袭二等男兼京营游击谢鲸，襄阳侯之孙世袭二等男戚建辉，景田侯之孙五城兵马司裘良。余者锦乡伯公子韩奇、神武将军公子冯紫英、陈也俊、卫若兰等，诸王孙公子，不可枚数。堂客算来亦有十来顶大轿，三四十顶小轿，连家下大小轿车辆，不下百余十乘，连前面各色执事、陈设、百耍，浩浩荡荡，一带摆三四里远。

这是送秦可卿灵柩去铁槛寺的亲友的主要名单，这上面的人都来自勋贵家族，其中不乏小王之孙辈人，而路上仍有祭拜的。书中继续写道：

（秦可卿灵柩）走不多时，路旁彩棚高搭，设席张筵，和音奏乐，俱是各家路祭：第一座是东平王府祭棚，第二座是南安郡王祭棚，第三座是西宁郡王，第四座是北静郡王的。原来这四王，当日惟北静王功高，及今子孙犹袭王爵。现今北静王水溶年未弱冠，生得形容秀美，情性谦和。近闻宁国公冢孙妇告殂，因想当日彼此祖父相与之情，同难同荣，难以异姓相视，因此不以王位自居，上日也曾探丧上祭，如今又设路奠，命麾下各官在此伺候。自己五更入朝，公事一毕，便换了素服，坐大轿鸣锣张伞而来，至棚前落轿。手下各官两旁拥侍，军民人众不得往还。

路祭上是东平郡王、南安郡王、西宁郡王、北静郡王这四王，其中北静王亲自来路祭，也显示出其重视程度，也可见当初北静王府同贾府的情义非同一般。仅仅通过送殡和参加路祭的人的规模就可以看到，贾府的阶层是勋贵阶层中的上层。

而在《金瓶梅词话》中，主角之一的李瓶儿死后，来祭奠的亲朋主要包括：

那日乔大户、吴大舅、花大舅，门外韩姨夫、沈姨夫，各家都是三牲祭桌来烧纸。乔大户娘子并吴大妗子、二妗

# 第十一章
## 《红楼梦》的对比阅读

子、花大妗子,坐轿子来吊丧,祭祀哭泣……那日乔大户邀了尚举人、朱台官、吴大舅、刘学官、花千户、段亲家七八位亲朋,各在灵前上香。(官客祭拜)……然后(堂客祭拜)乔大户娘子、崔亲家母、朱台官娘子、尚举人娘子、段大姐,众堂客女眷祭奠……本府胡老爷来拜,唬的西门庆赶紧过来答谢。

李瓶儿死后祭拜的来人,在家里摆宴席招待的是什么人呢?《金瓶梅词话》第六十三回《亲朋祭奠开筵宴　西门庆观戏感李瓶》继续写道:

晚夕,西门庆在大棚内放十五张桌席,为首的就是乔大户、吴大舅、吴二舅、花大舅、沈姨夫、韩姨夫、倪秀才、温秀才、任医官、李智、黄四、应伯爵、谢希大、祝日念、孙寡嘴、白来创、常时节、傅自新、韩道国、甘出身、贲地传、吴舜臣,两个外甥,还有街坊六七位人,都是十菜五果,开桌儿,点起十数枝高烧大烛来。

通过这些来祭拜和参加宴席的人的身份可以看到,《金瓶梅词话》的市井气也是社会基层的生活图景,展示了以血缘婚姻关系为主的社会关系。即便今天普通人的生活,也是以这样的亲友为主的。

相比之下,《金瓶梅词话》与《红楼梦》的阶层范围差距可见一斑。

第十一章 《红楼梦》的对比阅读

## 第三节

# 《红楼梦》诗词与杜甫诗歌

## 一、杜甫及其诗歌生活节选

杜甫（712—770），字子美，自号少陵野老，本襄阳人，后徙河南巩县。杜甫远祖为汉武帝时期有名的酷吏杜周，杜甫与唐代另外一位大诗人杜牧同为晋代大学者、名家杜预之后。杜甫的祖父杜审言，是唐高宗时的进士，是唐代近体诗的奠基人之一。杜甫生活在唐朝由盛转衰的时期，他的家庭是一个"奉儒守官"的家庭，母亲崔氏是当时的名门之后，杜甫从小能受到家学渊博并有见识的家庭教育。他从小好学，七岁能作诗，并能得到当时社会名流的赞扬。

但是他处在一个大的历史变轨时期，唐朝由盛而衰，他经历了这样的巨变，从小富足的生活与后世的颠沛流离形成了强烈反差。这是一个时代性的断点，以"安史之乱"为时间点，杜甫笔下的生活就显示出来，从生活的基本需要点，我们能领会诗人的困境，以及他的无奈、绝望、挣扎与期盼。

从古到今，普通基层民众也好，富贵之家的王孙公子也罢，基本的生活保障就是要满足基本的吃穿用度，通俗地说，就是衣食住行。而民以食为天，基本的吃喝都没有，饥饿就是必须面对的重要困境。仅从饥饿的角度，试从三首诗歌来体验杜甫的无奈之情与绝望之意。

（一）《自京赴奉先县咏怀五百字》

天宝十四年（755年）十月，杜甫从京师长安，过骊山，经泾渭到奉先县（今陕西蒲城）探家。恰在此时，安史之乱爆发，唐王朝的国运急剧转下，一路所见，他都写在这五百字的诗歌里。最著名的就是"朱门酒肉臭，路有冻死骨"，可是李唐王朝的"朱门"也很快被颠覆了。而让他最为痛苦的是，小儿子已经饿死了。

"谁能久不顾，庶往共饥渴。入门闻号咷，幼子饥已卒。吾宁舍一哀，里巷亦呜咽。所愧为人父，无食致夭折。"这首诗中可反映他深切的悲伤与哀痛。

（二）《狂夫》

这首诗是杜甫客居成都时所作，当时有高官厚禄的"故人"严武经常接济他，所以他不至于挨饿。如果"书断绝"，往来少

## 第十一章
### 《红楼梦》的对比阅读

的情况下,孩子们脸上常会饿得有悲戚之色。杜甫本身都快被饿死,要被抬出去填到沟里埋葬了。"狂夫"一词本身就是有"饿得发狂之人"的意思,而杜甫写"自笑狂夫老更狂",可以想象他已经饿到何种程度了。

> 万里桥西一草堂,百花潭水即沧浪。
> 风含翠篠娟娟净,雨裛红蕖冉冉香。
> 厚禄故人书断绝,恒饥稚子色凄凉。
> 欲填沟壑唯疏放,自笑狂夫老更狂。

### (三)《百忧集行》

杜甫年轻时,"不作河西尉,凄凉为折腰"的官职,但是生活迫使他将家族的尊严放下,至少要放下面子。他做了幕僚参军,"强将笑语供主人",可见他多么不情愿,但是想想,回到家去,他又家徒四壁,饿得不行。不是孩子不懂事要吃饭,而是因为没有饭吃,他更情不自禁地烦躁起来。杜甫儿童时代的"梨枣",也只能是留在记忆中的美味了。

> 忆年十五心尚孩,健如黄犊走复来。
> 庭前八月梨枣熟,一日上树能千回。

即今倏忽已五十，坐卧只多少行立。
强将笑语供主人，悲见生涯百忧集。
入门依旧四壁空，老妻睹我颜色同。
痴儿不知父子礼，叫怒索饭啼门东。

这首诗是杜甫身体饥饿的写照。与此同时，他住得又是怎样呢？《茅屋为秋风风所破歌》中写道：

八月秋高风怒号，卷我屋上三重茅。
茅飞渡江洒江郊，高者挂罥长林梢，下者飘转沉塘坳。
南村群童欺我老无力，忍能对面为盗贼，公然抱茅入竹去。
唇焦口燥呼不得，归来倚杖自叹息。
俄顷风定云墨色，秋天漠漠向昏黑。
布衾多年冷似铁，娇儿恶卧踏里裂。
床头屋漏无干处，雨脚如麻未断绝。
自经丧乱少睡眠，长夜沾湿何由彻！
安得广厦千万间，大庇天下寒士俱欢颜！风雨不动安如山。
呜呼！
何时眼前突兀见此屋，吾庐独破受冻死亦足！

# 第十一章
## 《红楼梦》的对比阅读

被子被孩子踢破了，茅屋上的茅草被一群顽童扯走了，雨又大，风又急，外面下暴雨，里面下大雨。战乱以来就很少能睡好觉，现在又碰到这样的情况，都有被"受冻死亦足"的心思了，可怜他不是一星半点的悲惨！

思念亲人感到心中苦闷，但在战乱时期，信息传递是非常不顺畅的，亲人的一丁点消息都显得极其珍贵。盼望得到亲人的信息，是渴望获得互相安慰，得到亲情的温暖，只有经历过生离死别，才能懂得活着还能问候和见面的珍贵。所以有了《春望》一诗：

国破山河在，城春草木深。
感时花溅泪，恨别鸟惊心。
烽火连三月，家书抵万金。
白头搔更短，浑欲不胜簪。

一句"家书抵万金"，把与亲人的离别之苦、对亲人的想念之切写了出来。经过战乱引起的逃难，才有如此深的感触。对国家平定叛乱，早日结束这种颠沛流离的生活期望更加强烈，对唐王朝军队胜利的盼望又是那么迫切。杜甫写了他生平第一首快诗《闻官军收河南河北》：

剑外忽传收蓟北，初闻涕泪满衣裳。
却看妻子愁何在，漫卷诗书喜欲狂。
白日放歌须纵酒，青春作伴好还乡。
即从巴峡穿巫峡，便下襄阳向洛阳。

出于对胜利喜悦的盼望，从诗句中感觉杜甫已经高兴得有点手舞足蹈的"乱"，而他面对颠沛流离苦难的心情是极其沉重的。喜悦传递的"快"意，是迫切脱离这种苦难的表现。

这是杜甫颠沛流离的写照，他切身感受到饥饿与无处安身的苦。那么他眼中看到的是如何呢？"三吏三别"一句，安史之乱中基层民众的苦难便跃然纸上，那是时代悲痛的强烈记忆。在《新安吏》《石壕吏》《潼关吏》《新婚别》《无家别》《垂老别》中，战争造成的悲惨都被杜甫记录了下来。

这些成为杜甫诗歌中反映民众凄苦的例子，基本的衣食住行不能保障，这一点让普通民众有切肤之痛，而诗歌带来的准确表达，又促进了诗歌的传播和继承。

## 二、《红楼梦》诗意生活节选

《红楼梦》中的诗词歌赋，整体上表现出富丽堂皇的气派，这种气派是建立在物质极大丰富的基础上的。试举例如下：

## 第十一章
### 《红楼梦》的对比阅读

甄士隐请贾雨村中秋赏月吟诗作对,具小席一桌,二人对饮,谈诗说词,这是一个小的场景。

那么在欣赏"梦幻"境界的"红楼梦十二曲"时,贾宝玉是如何体验的呢?

贾宝玉入室闻得香味,问警幻仙子是何香,警幻冷笑道:"此香尘世中既无,尔何能知!此香乃系诸名山胜境内初生异卉之精,合各种宝林珠树之油所制,名为'群芳髓'。"宝玉听了,自是羡慕而已。大家入座,小丫鬟捧上茶来。宝玉自觉清香异味,纯美非常,又问何名。警幻道:"此茶出在放春山遣香洞,又以仙花灵叶上所带之宿露而烹,此茶名曰'千红一窟'。"少刻,有小丫鬟来调桌安椅,设摆酒馔。真是:琼浆满泛玻璃盏,玉液浓斟琥珀杯。更不用再说肴馔之盛。宝玉因闻的此酒清香甘冽,异乎寻常,又不禁相问。警幻道:"此酒乃以百花之蕊,万木之汁,加以麟髓之醅、凤乳之曲酿成,因名为'万艳同杯'。"宝玉称赏不迭。

贾宝玉在幻境体会到"群芳髓""千红一窟""万艳同杯",除去此处的暗指,这样的香,这样的茶,这样的酒,给人的嗅觉、味觉享受真是极致的,是人间全无的绝品。这体现了《红楼梦》中贾家物质的极大丰富。

在大观园里,贾政试着让贾宝玉题省亲别院各处题额,主要是想考查一下贾宝玉的读书进展,这也是书中写诗词歌赋的地方。当时,大家都沉浸在元春省亲的奢华氛围之中,无论是大观园的修建规模,还是大观园内的亭台楼榭,都不及元妃省亲这种皇亲回家的轰动效果。

那么,在贾府的诗意生活是怎样的呢?这就要从诗社说起,探春在大观园里发起了海棠诗社,大家轮流做东,以"白海棠"为题开始,后来又请贾母赏桂花,所以有菊花诗,还有螃蟹咏。这些诗歌活动在抒发精神感受的同时也伴随物质享受,而且算比较高级的物质享受。比如王熙凤被请来做监社御史,王熙凤一眼看穿,那是公子姑娘们的月例银子,但是用来起诗社的话不够花,如果把王熙凤拉入伙,就可以加点银子。这说明一个问题,爱好诗歌也需要物质基础,才能更好地享受吟诗作对的快乐。

在贾府里,酒令、灯谜等比较普通的诗词曲赋,参与的人多些。而这些也是为了饮酒助兴,或者为增加宴会趣味性而设。而个别包含个人情感的诗词,也只涉及私人范围,比如贾宝玉的《芙蓉女儿诔》文采飞扬且情真意切,是他自己为祭奠晴雯而写的祭文。

由此可见,《红楼梦》中的诗词歌赋、酒令曲调都是物质丰富条件下的消遣性活动。所以,在读者认同感方面,《红楼梦》中的诗词多只在贵族圈子流行,而难以在普通人的生活引起共鸣。普通人忙着挣扎在温饱线上,根本没有闲暇花前月下、吟风诵雨,毕竟生活比诗词歌赋更重要。

# 第十一章
### 《红楼梦》的对比阅读

## 三、《红楼梦》诗词与杜甫诗歌对比

普通民众在阅读《红楼梦》时，面临的普遍困境是，对书中所涉及的诗歌内容难以理解。从内容上看，对书中所描写公子小姐们的所吃所喝、他们的日常消遣玩乐方式、他们吟诗作对的内容难以理解；从形式上看，书中公子小姐有大量闲暇时间，他们的风花雪月、爱恨情仇基本是在消遣圈子里，一般的劳苦大众没有他们那种穿金戴银、衣食无忧的生活，也就很难明白他们的情趣了。所以，从形式、内容上，《红楼梦》基本上是在消遣范围和圈子里诉说贾府的故事，《红楼梦》的爱好者也只能是文化程度比较高的一群人。诗歌欣赏也好，生活体会也罢，《红楼梦》所描写的生活是普通人难以够着的。

这里面还有对《红楼梦》中的人生活认识不同的问题。在现实阅读中常有这样的疑问："这些公子小姐们每天不劳动，还天天好吃好喝，有什么不满足的？"普通民众为了温饱而需要努力奔波，《红楼梦》中物质极大丰富下的诗歌欣赏就难以得到民众广泛的认同，而只成为不愁吃不愁穿的文人墨客交流的雅谈之事。

杜甫的诗则不同，他写出颠沛流离下，三餐温饱是百姓的基本追求，也是很难解决的民生问题。杜甫把大唐王朝在战乱中的残酷事实，把他在那时经历的饥寒交迫和颠沛流离，写进诗歌里，使其成为诗史。从杜甫的诗歌中，读者读到的是一个爱国诗人,一个能反映民间疾苦的诗人。他的诗歌白描般地诉说这个时代中个人和国家命运的苦难。这个苦难不只是他的个人感受,更是一个时代、一个民族的集体记忆,有着深远的历史意义。饥饿是人生命的直接威胁因素,所以,饥饿给人的记忆尤为深刻。在"安史之乱"的背景下,杜甫是一个颠沛流离、漂泊生活的文人,他将时代的悲壮以诗歌的形式记录下来,他通过笔端将时代的记忆刻画得如此传神。这样的诗词记忆就有国家情怀,有史料价值,他的诗歌能得到更多人的认同和传承,他的诗词也有了普世意义。

阅读《红楼梦》中的诗词时有这样的体会,是对作者曹雪芹个人遭遇的同情。因为曹雪芹描写的"贾府被抄家,被罢官"是历史长河里官场中的一个常见现象。你方唱罢我登场,铁打的衙门,流水的官员,曹雪芹家只是一个例子。有人被罢官,就有新的官员被提拔。贾府败落之时,可能正是其他某府发达之际,所以很难引起人共鸣。在那种社会制度下,家族因贪污腐败而引发这样的悲痛,可能事实上是拍手称快的人多,不落井下石就是好人了。

第十一章　《红楼梦》的对比阅读

## 第四节

# 《红楼梦》与《源氏物语》

日本长篇小说《源氏物语》，是日本平安时代女作家紫式部的作品，成书于公元1010年秋。《源氏物语》被称为"日本的《红楼梦》"，事实上，它的成书比《红楼梦》早了七百多年。该书以日本平安王朝全盛时期为背景，描写了主人公源氏的生活经历和爱情故事，典型地以封建宫闱文化为背景。书中从女性的角度进行细微观察，描写了宫廷生活和细腻情感，故事中带着美感。

《红楼梦》的描写偶尔穿插了皇亲国戚生活的描写，比如写元春省亲的情节，比如写见北静王的情节。这些情节的背后，在《红楼梦》的解读中，"红学"上有一个"索隐派"，代表性著作有王梦阮、沈瓶庵的《红楼梦索隐》和蔡元培的《石头记索隐》；主要论点有"纳兰成德家事说""清世祖与董小宛故事说""康熙朝政治状态说"等；当代有《刘心武揭秘红楼梦》的"秦可卿是清废太子胤礽的女儿说"，是涉及宫闱秘闻的学说。

《红楼梦》作者曹雪芹的家庭背景中，曹家是卷入了清康熙后期、太子胤礽废黜后诸皇子的夺嫡之争，曹雪芹家族是康熙皇帝先前所立的皇太子胤礽的派系。然而，最后登上皇位的是四皇子胤禛，那么清理废太子一派系的人就非常有必要了，要清理亏空案子，并将曹家进行抄家处理。曹雪芹的家庭是有犯罪记录的，特别是政敌的支持者，在"文字狱"的情形下，写宫闱文化就要特别小心，不然就是罪上加罪。这同时给曹雪芹的写作提出了超高要求，要能"戴着枷锁，能跳自由舞"，用"草蛇灰线，伏延千里"的技法来实现伟大的作品。

而《源氏物语》的宫闱文化则不同，是写给宫廷消遣阅读的小说，而紫式部本人就是日本平安时代皇宫的侍读官，这就有更好的条件来记录宫闱文化了。

同样地，对宫闱文化的记录，《源氏物语》就远比《红楼梦》直接和具体得多。其中最重要的差别就是"文字狱"的高压和曹家的遭遇。根据《刘心武揭秘红楼梦》的内容，秦可卿是废太子胤礽藏在贾府的一个女儿，这里面除了一定的窝藏罪名，还有"阴谋论"成分，那就是"废太子胤礽的旧部"，有以这个女儿为旗帜，企图东山再起，夺回帝王之位的嫌疑。在这样的情况下，写宫闱文化就要更加多花曲笔才能完成。无论是不是曹雪芹的真实意图，有没有将清朝康熙、雍正、乾隆三朝的宫闱之事通过他的如椽巨笔穿插其中，后来的解读者特别是"索隐派"的名家都想通过《红楼梦》中的人物细节找到清史中的原型人物，力争还

# 第十一章
## 《红楼梦》的对比阅读

原或弄清一些历史真相。

从求本溯源的角度来讲,这可能是一件好事情;从现实角度来讲,则不一定要找到历史原型才算是完美结局或结论。假定曹雪芹的《红楼梦》稿件没有丢失,而他晚年的生活状况也发生了非常大的变化,那么曹雪芹就可能要对《红楼梦》原稿进行改动;如果说"文字狱"更加严厉,《红楼梦》也不会被流传下来。一个简单的事情,可能在几个人的眼中、口中、笔下有不同的理解。宫闱文化涉及的政治斗争往往是你死我活的,这样就有更多扑朔迷离的情节,看到的不一定真实,记录的不一定准确,想象的故事就更加离谱了。

总之,与《源氏物语》的宫闱文化相比,《红楼梦》中的描写更隐晦,即便是名家对《红楼梦》解读,更多也只是猜测和想象罢了。

## 第五节

# 《红楼梦》与《战争与和平》

《红楼梦》是中国传统文化下的经典古典小说，代表一定高度的文化观念和美学观念，也有对人性的深刻思考。俄罗斯作家列夫托尔斯泰（1828—1910）的小说《战争与和平》，被列宁称为"俄国历史的一面镜子"，是全景式地描写当时俄国阶层，特别是上流阶层的文学作品。在对权贵家族的描写方面，这两部伟大的作品都有各自的特点。

《红楼梦》中有"四大家族"，是写贾雨村在贾府的帮助下，受了应天府，接到了一桩案子。在办案之时，衙门里的门子给了贾雨村一张"护官符"来，上面写着金陵的大户是这样的（第四回《薄命女偏逢薄命郎　葫芦僧乱判葫芦案》）：

贾不假，白玉为堂金作马。（宁公荣公二公之后，共二十房分，宁荣亲派八房在都外，现原籍住者十二房。）

阿房宫，三百里，住不下金陵一个史。（保龄侯尚书令史公之后，房分共十八，都中现住十房，原籍八房。）

# 第十一章
## 《红楼梦》的对比阅读

东海缺少白玉床,龙王请来金陵王。(都太尉统制县伯王公之后,共十二房,都中二房,余在籍。)

丰年好大雪,珍珠如土金如铁。(紫薇舍人薛公之后,现领内库帑银行商,共八房。)

门子道:"这四家皆连络有亲,一损皆损,一荣俱荣,扶持遮饰,俱有照应的……"

这是传统的功勋政治家族阶层。而《战争与和平》也写了四个家族,分别是库拉金家族、罗斯托夫家族、保尔康斯基家族、别祖霍夫家族:

第一是库拉金家族,这个家族是典型腐朽宫廷权贵的代表,追求享乐、腐化奢靡、贪图安逸是这个家族的主要特点。

第二是罗斯托夫家族,这个家族是宗法制庄园贵族的代表,他们热忱、好客、有活力,能在国家危难时作出牺牲。

第三是保尔康斯基家族,他们正直、爱国、孤傲,有老贵族的古风,是传统的爱国者。

第四是别祖霍夫家族,是莫斯科的富裕家族,也是爱国家族。

《红楼梦》中的四大家族,一损俱损,一荣俱荣,与皇权有着天然的关系,这四大家族大致在同一个阶层,这是中国封建社会的特征。

《战争与和平》中的四大家族并非如此,在面对战争、面对家国灭亡时,这四大家族各自有不同的命运抉择。里面的四大家族不在同一个阶层,至少不在同一个经济阶层,有等级上的区别。这样,在家国灭亡时,他们就有不同的选择性。

作品对比的意义在于,在社会群体构成中,构成的社会群体不同,形成的各个阶层也不同。对同一阶层而言,兴起与盛衰有相同的原因;而在一个时间节点的不同阶层往往有很大差异,这个阶层衰落了,另一个阶层就可能兴盛起来。

# 第十一章 《红楼梦》的对比阅读

## 第六节 《红楼梦》的阅读困境

《红楼梦》自问世以来就受到当代人的追捧,但读者主要还是文人墨客。民国时期对《红楼梦》的考证也掀起了一次"红楼梦热",以蔡元培为代表形成了索隐派,以胡适、俞平伯为代表形成了考证派。随着对《红楼梦》的解读和研究积累,开始形成"红学"概念,在解读和传播《红楼梦》的研究成果上有了丰富内涵。

对《红楼梦》文化内涵的欣赏主要集中在文人墨客中,而在普及阅读方面存在各种障碍,主要包括以下几点:

首先,家庭化的琐碎情节描写太多。

《红楼梦》中基本没有什么特别能引起兴奋点的内容,基本是家长里短的琐事——迎来送往、请客吃饭、琴棋书画,难以引起人的阅读欲望。相当一部分读者感到,这几乎"天天就是吃饭喝酒猜拳,今天去你家,明天去我家",没有什么意思,这是大众阅读感受最普遍的一点。

其次,书中描写的贵族家庭生活方式的内容难接地气。

《红楼梦》中的园林庭院、家具陈设、诗词歌赋、服饰穿戴以及日常用度都是权贵之家的，更不用说各种礼节往来。对大众而言，他们对这些富贵人家的生活了解得比较少，对如瓷器、摆件等的描写就更难以产生兴趣了，读者对这些细节望而却步，难以产生继续阅读的渴望。

最后，中国传统文化家庭所展示的内容，比较难以理解。

《红楼梦》中写到家庭的礼仪，比如贾宝玉回来后要先到贾母处问安。问安有两层意思，一是贾宝玉一天不在家，回来后就需要先问候贾母各方面可好；二是贾宝玉要向贾母汇报自己一天去了哪里，表明自己各方面都好。贾母通常会说"去见了你娘再来"的话。"昏定晨省"这一指旧时侍奉父母的日常礼节，在一部分读者看来好麻烦，不知有什么大作用。特别是《红楼梦》展现的人与人的相处之道、各房与各房的相处之道，可以外延为一家与另一家的相处之道、一个人在团队中的相处之道。在现代普通家庭或当时的小家庭中，一家人可能只有三五个人，多的也不过七八个人，所以普通家庭很难体会到"昏定晨省"做法的必要性，也觉得这没有什么吸引人之处。

在实际阅读中，这三方面因素都对《红楼梦》的普及阅读产生一定阻碍，也很难让大众阅读变得有趣味。同时，当读者读到《红楼梦》中人物极度丰富的物质生活时，会认为追求极致精神生活的公子小姐们更加腐朽。不说大观园这样奢华的居住环境，

# 第十一章
## 《红楼梦》的对比阅读

也不说穿金戴银的物质生活，仅每天进行吃、喝这两样高物质水平的活动，他们这些公子小姐们还有什么不知足的呢？这些公子小姐们每天从何而来各种不开心呢？对于那些处于社会底层只求温饱的劳动者或中层劳动者来说，这些都很难理解，这无疑成为当下《红楼梦》普及阅读面临的一个困境。

《红楼梦》中的功勋政治家庭生活方式让读者比较难以接受，其中描写的雅致生活也难以让人代入其中。为此，给《红楼梦》增加一定的文学作品比较，能更好地帮助读者理解作品，以期从经典作品的比较中正视《红楼梦》的作品魅力，发现《红楼梦》作品的经典美妙所在，让人更加愉悦地阅读《红楼梦》。

## 第七节

## "红学"现象与清史背景

何谓"红学"?通俗来讲就是研究《红楼梦》的学问。"红学"一词最早见于清代李放的《八旗画录》。其中记载:"光绪初,京朝上大夫尤喜读之(指《红楼梦》),自相矜为红学云。"

《红楼梦》的学问自诞生之日就开始了,脂砚斋的评语(简称"脂评")就是在《红楼梦》的创作过程中所作的。脂评牵涉到《红楼梦》的思想、艺术、作者家世、素材来源、人物评价等方面,是标准且十分可贵的红学资料,脂砚斋等人可以说是最早的红学家。经过两百多年的发展,红学产生了许多流派,有评点、评论、题咏、索隐、考证等。其中以考证派代表作、胡适的《红楼梦考证》(1921年)的出现为分隔点,一般又划分为旧红学和新红学。

旧红学,指的是民国初年以前有关《红楼梦》的评点、评论、题咏、索隐、考证。旧红学比较重要的流派是评点派和索隐派。

评点派的代表人物是清代的王雪香、张新之和姚燮等人,他

# 第十一章
## 《红楼梦》的对比阅读

们主要采用圈点、加评语等形式，对经过了程伟元、高鹗续补的一百二十回本《红楼梦》进行评点。

索隐派盛行于清末民初，主要用历史上或传闻中的人和事，去比附《红楼梦》中的人物和故事，其代表作有王梦阮、沈瓶庵的《红楼梦索隐》，蔡元培的《石头记索隐》及邓狂言的《红楼梦释真》等。

新红学，指的是以胡适为代表的考证派。胡适考证出了《红楼梦》的作者是曹雪芹，而曹雪芹是曹寅之孙，《红楼梦》本是曹雪芹的自传，《红楼梦》的后四十回是高鹗所补。这个观点普遍被人接受。近几年来，随着红学的深入发展，新红学的基本观点越来越被人怀疑，屡遭批判的索隐派中某些合理成分也正为越来越多人所重视。刘云春先生主编的《百年红学：从王国维到刘心武》①，在近代红学界的著名红学家中选择了十二位，对他们不同程度的红学研究进行简单梳理，是一部深受红学爱好者喜爱的书籍。1980年7月，中国红楼梦学会成立，成为研究《红楼梦》的全国性权威机构。1987年，《红楼梦》被拍成电视连续剧，电视剧拍摄的经典程度有力地宣传了这部经典名著。新的索隐派中，刘心武先生的"秦可卿学"影响较大；探轶学中，梁归智先生的《红楼探佚红》②影响比较大。无论是索隐派还是探轶学，

---

① 刘云春. 百年红学：从王国维到刘心武 [M]. 成都：四川人民出版社，2008.
② 梁归智. 红楼探佚红 [M]. 北京：作家出版社，2007.

都是对《红楼梦》未解之谜的一种探索,是非常有利于红学发展的。

曹雪芹生活在清代康雍乾时期,其文学作品《红楼梦》就自然而然地被打上时代烙印,这是非常正常的现象。

曹雪芹出身同康熙皇帝对其祖父曹寅的信任有很大关系。曹雪芹生活的经历毫无疑问带着权贵的背景,同时,他写作的文学作品作为精神层面的产物,不可能脱离作者的生活体验和社会体验,总会有这样或那样的文字记录、社会习俗是当时社会生活在文学作品上的反映。

黄一农先生利用 E 考据(充分利用电子资源进行考据的方法)对红学领域进行了一次令人耳目一新的学术探险,在大数据时代建立文史研究的新典范作品,就是《二重奏:红学与清史的对话》①,这是在红学现有研究成果基础上进行的一次创新探讨。

对清代历史的探究,黄一农先生采用的技术手段是以计算机统计手段为技术背景,相比于《红楼梦》与清史的研究只停留在民俗方面,如地方语言(北京话)、饮食习俗(满族人喜欢吃鹿肉)等方面而言,有了一定的突破性。

---

① 黄一农. 二重奏:红学与清史的对话[M]. 北京:中华书局,2015.

# 第十二章

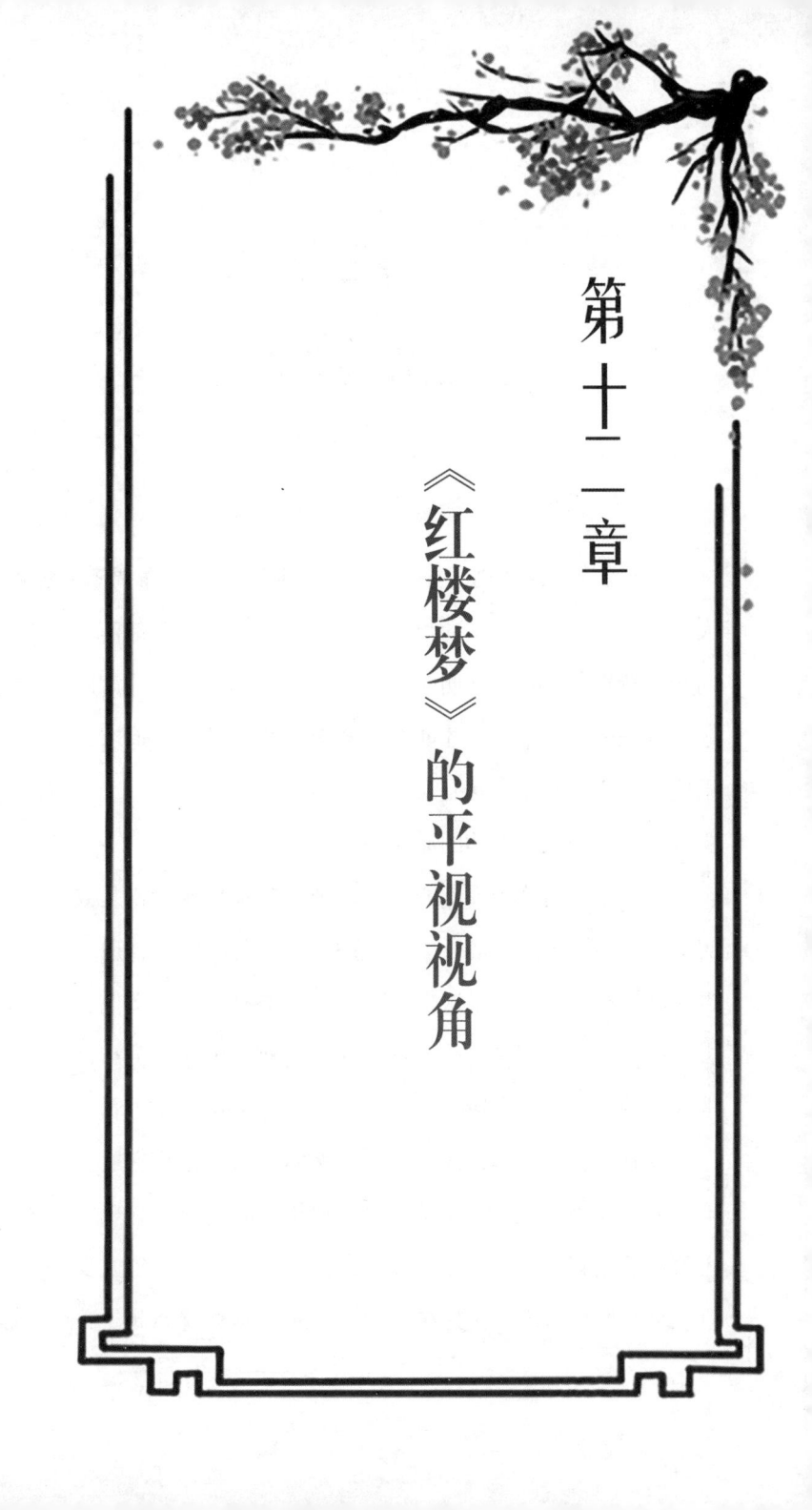

## 《红楼梦》的平视视角

## 第一节

# 生存与尊严

《红楼梦》对悲剧的描写，让人看到一个个生命凋零的过程。人一生下来，就开始走向坟墓。在这个过程中，谁都面临着生存问题，特别是在农耕文明时代，饥饿与贫穷一直是严肃的历史话题。首先要能活下去，才能在社会上有所追求。所追求的无论是温饱还是穿金戴银，在基层民众生活里，都不是罪过，难道这些要求还要成为人的虚伪的原罪吗？

一些站在道德制高点的作家，把委屈和忍耐看作是奴性。试问一下，当一个人连活下去的条件都不具备的时候，还会用生命去为尊严抗争吗？如果这个人上有老，下有小，那么他会用生命去为尊严抗争，还是先放下自尊想办法面对生活的苦难，忍辱负重地活着呢？先努力地活下去，应该是大多数人的抉择。

没有活着的资本，谈尊严是虚无的，活着比壮烈地死去更加不容易。少年人的生活充满理想，中年人的生活充满现实，老年人的生活充满自然。生存的尊严，担子往往压在中年人身上，不只一个时期是这样，而是在社会的秩序中本来就如此。一个人面

## 第十二章
### 《红楼梦》的平视视角

对生活的时候，往往也要学会忍受委屈，放下尊严。这个尊严与自尊心有关，而不是外界给的屈辱。国家制度、法律规范、社会准则等一系列要求和规范，以及人伦道德对人的约束、文化传承对人的修养要求，使一些中年人压抑着突破枷锁的冲动。

在现实社会里，物质的丰富可以使一个人感到有尊严；如果仅仅有权势但没有金钱，俗世也可能践踏一个人生活的尊严。

离开现实，在文字堆里谈尊严很容易；但如果在现实中谈尊严，就没那么容易了。现实生活中，首先要有必需的物质基础。所谓"开门七件事，柴米油盐酱醋茶"，物质基础的丰富程度是生活的幸福感的重要考量因素，幸福感也包括能维护生存的尊严。当物质交换更加频繁时，拥有金钱的多少也反映着生活水平的高低。对有些人来说，有了奢侈品，生活就显得有尊严！中国人很讲面子，面子是尊严与虚荣的混合体。如果在现实社会，兜里翻出来比脸都干净的时候，哪里有尊严？这是值得我们深思的。

生存第一，尊严第二，这是活着的人总结出来的经验。尽管在特殊的时期，为了尊严，可以不惜以命相搏，但在和平的年代和俗世里，这是一个常态。

## 第二节

# 《红楼梦》的悲剧基调

在《红楼梦》的人物描写中，隐藏了作者曹雪芹繁华笔墨下的悲剧色彩，人物生命的结束逐渐渲染了这种悲剧气氛。从《红楼梦》第一回到最后一回，写了许多生离死别的情景和反映人情冷暖的场景。而其中，死亡是人类的一个永恒话题，《红楼梦》中，随着故事时间的推移，人物的死亡在小说中接连发生，逐步引发读者对这一连串悲剧进行思考。

试举例子分述如下：

写贾瑞之死，将一个贪图美色又不知事态深浅的虚伪儒生写得可悲、可叹、可怜。

写秦可卿之死，写贾府办丧事之阔气，也将贾府之往来关系之丰写得淋漓尽致。

写秦可卿的丫鬟宝珠之死，一个无奈的生命画上了句号，赢得了虚名，也赢得了所谓的尊重。

写秦钟之死，他是自己没有资本，连学费都出不起的宁国府依附者。虽然秦钟在宝玉的眼中是风流人物，然而风流不能当能

# 第十二章
## 《红楼梦》的平视视角

耐。秦钟临死前告诉宝玉别自误,与其说是劝说宝玉,还不如说是他在将死前的自省与追悔莫及。

写贾敏、林如海之死,贾敏是先去世的,因此贾母要接林黛玉到贾府生活。后来林如海死去。林黛玉辞父分别,也一直在贾府生活,直至死去。

写贾珠之死,他是贾政的长子,年轻早亡,留下夫人李纨和儿子贾兰。贾珠死后,贾政夫妻大受打击,故而偏爱宝玉,也是人之常情。

写鲍二娘子之死,因为鲍二娘子同贾琏有奸情,在王熙凤过生日时被王熙凤当场捉到,后因羞愧而上吊自杀。她只是一个普通人家的妇人,却因为同贾琏之事而死,不论是来自自我羞愧的心理压力,还是来自外界的舆论压力,一条鲜活的生命就此而去。

写金哥及未婚夫之死,净虚老尼请王熙凤出面,逼迫金哥的父母退亲,金哥上吊自杀,其订婚之夫长安守备之子投水自杀,这是被阴谋摧毁的人生。

写晴雯之死,在大观园怡红院里,无论在姿色方面还是女工方面,她都算出色,但后来还是被王夫人赶出大观园,病痛未好,在她的表哥多浑虫家悲惨死去。

写金钏之死,金钏因为和宝玉无意中的一个挑逗玩笑,被王夫人掌掴后赶出了贾府,后来投井自杀。不论是因为羞愧,还是气愤，还是走投无路，一条人命就这样没有了。

写司棋、潘又安之死，司棋被查抄大观园时检出男女书信来，因而被赶出大观园。回家后同母亲顶嘴，在母亲怒骂之下，司棋一头撞死在墙上。而同她有婚约的表哥潘又安把挣来的钱给自己买了两口棺材，也自杀身亡了。

写元春之死，她是皇家贤德妃，久病不起，最终薨逝。她是贾府最大的政治靠山，也是贾府功勋政治生命的支柱，她的薨逝也预示着贾府逐步走向败落。

写林黛玉之死，这是最悲戚的死亡，一曲《葬花吟》足以令人伤心彻骨。一绝代才情女子焚灭诗稿，一缕相思便随魂魄而散，其情爱之深、独专之甚，唯有斯人。

写鸳鸯之死，她是贾母身边的贴身丫鬟，因被贾赦逼娶而断发明志。贾母活着时，贾赦无可奈何；贾母去世后，贾府虽败，但不至于无处藏身，且她的兄嫂周全。但她怕依然逃不出贾赦的魔掌，遂上吊自杀。

写迎春之死，因为贾赦欠了孙绍祖的银子，将迎春嫁了过去，后来迎春被百般折磨，在哭痛中死去。

写药官之死，她是贾府买来的小伶官，死因不明，藕官烧纸祭拜过。

写香菱之死，即甄士隐被拐卖走的女儿英莲，后来成了薛蟠之妾，又被夏金桂百般折磨，最后在生孩子时难产而死。

# 第十二章
## 《红楼梦》的平视视角

写贾母之死，年八十有三，算是寿终正寝。

写贾敬之死，服丹药而死。

写夏金桂之死，她是薛蟠之妻、桂花油商家之女，个性凶悍无礼，且成搅家之人，下毒害香菱时，自己误食后身亡。

写尤三姐之死，她婚定柳湘莲，但柳湘莲知道她是宁国府的女眷亲属后，以他情悔婚，她就用柳氏定亲剑自杀。

写尤二姐之死，被王熙凤识破贾琏背娶之后，攥入家中，被冷酷打压并因有病难医，误诊身孕，打胎伤身心，绝望后吞金自杀。

写王熙凤之死，贾府败落，且被查抄，王熙凤一生的积攒不仅被查抄殆尽，加之她身体本身不好，病困而亡，送葬金陵。

写冯渊之死，他与薛蟠在抢香菱时被薛蟠命豪奴打死，成为冤魂。

写张三之死，他在与薛蟠喝酒时引发争执，被薛蟠打死。

写赵姨娘之死，在铁槛寺送葬贾母后，她突然发疯撕扯自己，后蜷缩惊恐而死。

这些人中，除了贾母寿终正寝、贾敬因服药吞丹而死外，其他人都是英年早逝。尊贵如元春之尊无人能及，死后依有哀荣；有家底者如秦可卿之死，死后之奢华，无人能及；又如林黛玉之洁，死后为情而绝唱；而丫鬟之死中，贫贱者如晴雯，悲惨难过；失势如王熙凤者，悔不当初。贾敏、林如海之死，写出了林黛玉的可怜；贾珠之死，写出了李纨的悲戚。

这些人的悲惨遭遇，是《红楼梦》人物的一个特点，没有新的生命和生活向好的描写，只有在繁华渲染下的悲剧，在贾府的荣华富贵、富丽堂皇中，用繁华、铺张的笔墨来抒写悲痛和悲伤，在叠加时反衬对比，使悲伤显得更加悲伤！

曹雪芹先生观察的视角和描写的设计，是一个个鲜活生命不断凋零，没有新幸福要素的加入，而是把停留在现实中和理想中的一个个画面撕裂开，撕扯下来，让其随风而去。昔日热闹无比的大观园及其中无忧无虑的公子姑娘们，就像残酷地被施了减法运算一样，人物生命逐一凋零，最后整个家族走向末路。在这个过程中，叙述得或明显或暗伏，一个个鲜活生命随着他们的个性，随着他们的生活节奏，消亡、消失，有的给大家留下了深刻的印象，有的则甚至没有在读者脑海中留下存在感，逐渐被遗忘。这些共同构成《红楼梦》的悲剧基调。

如果《红楼梦》的作者曹雪芹在后期物质生活有很大的改善，《红楼梦》的悲剧情节可能就会缓和得多。但历史没有这样的假设，他是在孤独中离世的，也就注定了小说的悲剧色彩，留给世人无限的思考。在小说作品中，作者的立场和作者本身生活的困顿，对作品的基调有比较大的影响。这是一个有现实意义的经验。

# 第十二章
## 《红楼梦》的平视视角

### 第三节

### 铜臭与书香

有句俗话叫"有钱能使鬼推磨",金钱是财富的象征,而且的确是生存生活的必需品。这也说明金钱在一定条件下有决定性的支配作用,这一点在贾府的贾琏和王熙凤身上体现得淋漓尽致。

先说贾琏,他娶了王熙凤后,王熙凤从娘家带来了陪嫁的丫鬟,不过只剩下一个平儿做了通房丫鬟(作为妾的身份)。贾琏在贾府除了和她们两个恩爱,在巧姐出痘期间,还趁着单独到外面居住的机会,勾搭上了多姑娘,也勾搭上了贾府的下人之妻鲍二媳妇。在贾敬丧事期间,贾琏又遇到尤二姐,几经周折,把尤二姐偷偷娶到手。在事情败露后,王熙凤把尤二姐接进贾府。贾赦认为贾琏的事情办得好,又把身边的丫鬟秋桐送给贾琏。

贾琏是贾府的世家公子哥,他不缺钱花,因为他有官家差事,就是有一定的固定收入,更加上家底优厚,所以他花钱有点大手大脚。贾琏可以有三妻四妾,更不用说他还有眠风宿柳、推杯把盏的时刻,就是因为他身后有权有钱有势。官员也分贫富,世家也有兴衰之时,兜里有银子才有真的"势",这也是贾琏豪横的资本。"小三现象"依然是地位和金钱支配下人的欲望过分膨胀的社会现象。这不是封建社会的专利,而是有钱有势的人的专利!

所以权色交易、钱色交易屡禁不绝,即便有法律制裁也难以杜绝。有了钱,就可以同其他需要进行交换。所以,贾琏可以肆无忌惮,而王熙凤在设计除掉尤二姐时,也是使银子办事,这也是把金钱的作用发挥得淋漓尽致。

金钱是财富的象征,因为追求的人太多,追求者可说是不择手段,也给金钱冠以"铜臭"的标签,把追求和拥有财富的人说成是"满身铜臭味"。但是,俗世就是围绕"铜臭"进行的。

物质交换的媒介是金钱,金钱这个角色就决定金钱的"万能论"。相比之下,读书人或有知识的人家,就用"书香人家"或者"书香世家"来褒扬;看到有钱的人、对钱看得比较重的人,都要用上"铜臭"一词。表面看来,一个香,一个臭,这是高下立现的事情。

现实中,要解决物质方面的问题,知识和道德往往很无力。"书香"带着完美主义色彩,"书香门第""书香人家"等词让人感到向往;"铜臭"带着鄙视色彩,动不动就谈钱,感到自己多俗。可是在实际生活中,很多事还是需要用钱来摆平的。用豪横的话来说,就是:"凡是能用钱解决的事情,都不是事情。"

## 第十二章
### 《红楼梦》的平视视角

在 20 世纪八九十年代就说，"搞原子弹的，不如卖茶叶蛋的"。进入 21 世纪，一个科学家带一个团队努力一辈子，贡献了无法计算的社会效益，但是给这个团队的物质回报可能还没有一个影星演一部电视剧或电影的回报高。这导致什么样的社会风气呢？"追星"要卖肾，明星出场万人空巷，而那些带给国家、社会重大贡献的科学家却无人问津，他们甚至清贫得买不起房子。

尽管我们能看到非常优秀的人品和高尚的道德，但是，金钱是物质生活的基础和财富的象征，更加能解决现实问题，有更加高的效能，这也就是人们所说的"金钱万能论"，在日常生活的情况中也常是如此。不信但看筵中酒，杯杯先劝有钱人。

财富，尤其金钱的多少，是衡量一个人成就大小的重要方面，这是一个事实。很简单的例子，一个男生追女生时，女孩子提出物质条件，男生可能会觉得女生很俗气。其实，如果这个男生有钱，就不会这么想了。要求拥有物质基础并没有错，只是用物质来衡量一切的时候就会出现问题。俗世里，钱或许就是万能的。通常说的一句话"金钱不是万能的，但是没有金钱是万万不能的"，也是对"物质第一"的最好诠释。

## 第四节

# 平视红楼

　　《红楼梦》是中国古典四大名著之首，是中国古典小说公认的巅峰之作，是中国封建社会百科全书式的集大成者。因为这部小说太经典，也不容易被一般人读懂，所以需要去解读它，这样成书两百多年来就形成了专门的"红学"。在清代，《红楼梦》是为数不多的文人雅士的谈资；即便在近现代，《红楼梦》也是知识分子最喜欢阅读的经典作品。作者曹雪芹身世特殊，加之《红楼梦》原著残缺，经过高鹗、程伟元续写才有完整版，书中人物与故事更加扑朔迷离，更加引起红学爱好者的兴趣，激发了更多"红学热"现象。

　　《红楼梦》书籍的内容太经典、太丰富，因而不容易被人读懂。依据《红楼梦大辞典》列出的词条，分别是词语典故、服饰、器用、建筑、园林、文史人物、饮食、医药、称谓、职官、典制、礼俗、岁时、地理、哲理宗教、诗词韵文、戏曲、音乐、美术、游艺等，更不用说版本学、评点以及其他解读。这足以让普通读者望而生畏，难以继续阅读。简单举例，仅《红楼梦》中

# 第十二章
## 《红楼梦》的平视视角

有名有姓的人物就有四百八十多人,这就让普通人难以把人物和故事理清楚。而要把《红楼梦》读懂,大观园的诗意生活和精神层面的极大满足,更加让普通读者怀着向往之心。

《红楼梦》是一部经典小说,想要读懂它就需要一定的文化素养和积淀。所以,《红楼梦》在文人雅士圈子里流传评点。似乎读了《红楼梦》,其他书都不值得一读一样,加之解读一再拔高,给人以仰视膜拜式阅读之感,名家说什么就是什么,名家怎么说就怎么理解。这往往让我们失去自我的判断,离开生活的艺术,就很难成为永恒的艺术。

《红楼梦》之所以成为经典,就是因为它揭示的人性是复杂多样的,是复杂的系统。《红楼梦》所展现的种种人性的复杂,不是一个历史现象,更多是当下出现的现象。《红楼梦》的经典更在于典型地展现人性的复杂,可以成为社会现象的一个切片。

这个切片经过透视后,浓缩着社会结构下的人性,有一定的代表性。如果社会的构成要素仍然存在,那么在一定条件下,人性的复杂仍然会重现,就像把牛奶经过浓缩做成奶粉,在需要时加入热水,奶粉仍然会重新变成牛奶。同样,社会现象在一定的条件下会还原。

比如贾雨村攀附权贵的现象,物质欲、名利欲的膨胀使他逾越了道德底线,这种现象在过去有,现在依然会有。一个欲望强烈的人,需要改变自身的命运时,就会逐渐不择手段。

比如王熙凤使用银子支配官司的事，这是说明金钱交换可以诱使司法曲判，使事情朝着自己想要的方向发展，干扰法律的公正性。这样的现象在现今依然存在。

比如贾琏偷娶的事，或者说男女通奸，现在叫"出轨"现象，只要存在男女物质生活的差异化、家庭生活的差异化，这种现象就很难杜绝。贾琏也好，其他人也好，因为对婚姻生活不满足而出现婚外情，不只是贾琏一个人会做的事。

比如戴权卖官买官现象，当物质利益交换的欲望超过对国法的敬畏时，权力与金钱交换的现象就无法杜绝。

比如贾府奴婢们的忍耐与抗争，这是一个容易走极端的阶层。弱势群体面对强权时，往往用极端手段来维护利益。比如强拆时出现的自焚做法、农民工讨工钱时出现的跳楼做法，当无力可争时唯有用命搏。

再比如，纯如贾宝玉与林黛玉的婚姻爱情观、现实如贾宝玉与薛宝钗的婚姻观。婚姻中门当户对的价值观在今天依然有着其现实性，有多少婚姻是嫁（娶）给了爱情？

如此种种，是不与社会制度必然联系的，而是与社会结构要素挂钩。这些也就不必然与社会制度下的社会结构挂钩，反过来，这是社会结构中一种正常现象。

而《红楼梦》中，曹雪芹的视角就有独特的观察作用。在生命个体更新时，人性的复杂又会重现。没有生命个体的不断更

## 第十二章
### 《红楼梦》的平视视角

新,前辈的经验就无从谈起。《红楼梦》的伟大之处就在于把种种复杂人性通过小说表现出来。

曹雪芹的家庭遭遇和个人经历会非常大地影响他对社会的观察和体验。一个基本事实是,一个人从生存基本需要出发来观察社会,他以生存下去为基本目标。因为每个人生存的时代条件不同、生存的要求不同,社会给予的发展机会不同,在社会构成要件没有发生质变的前提下,《红楼梦》所展现的众生相依然可以看作是社会的剖面,就是以个人在社会中所处的阶层以及在这个阶层可以生存下去为观察点来平视这个社会的。一个生命体,无论胖瘦丑美,无论男女老少,无论富贵贫贱,当用 X 光检查时,都可以看到,他们的骨骼结构基本一样;如果解剖他们的人体结构,无论是心肝脾肺肾还是气血肉肌骨,都相差不大。跨越时代的人,也拥有着差不多的身体结构。

《红楼梦》这部伟大的作品,在平视的角度下,总是呈现不同阶层之间的社会客观联系,这是一种正常现象。《红楼梦》中的人物,或者是权贵,或者是书生,或者是商人,或者是官员,或者是奴仆,或者是农人,或者是僧道,或者是伶人,如果用平视的角度去观察,就会发现他们展示的人物品质是与其所处阶层和生存需要相符合的——或者是傲慢豪横,或者是虚伪奸诈,或者是市侩算计,或者是贪得无厌,或者是唯唯诺诺,或者是诚实守信,或者是鱼龙混杂,或者是萍踪无依,或者是亦官亦商,或者是亦奴亦商，而呈现的人性就更加复杂和现实了。

通过对《红楼梦》进行拆解阅读，我们能看到书中很多现象在当今社会依然存在着。《红楼梦》的经典是难以逾越的，但是从平视的角度，经典能更加贴近人情、贴近人性。我们还可以带着怀疑的态度与独立思考的方式走进经典，让丰富多彩的《红楼梦》释放更加绚烂的文化之光。

## 后 记

当我敲下《平视红楼》最后一个字时,我感觉到自己再次与曹雪芹先生进行了一次对话,这个对话是跨越时空的。我个人的阅读体会:明代的小说中,从《三国演义》看政治,从《水浒传》看江湖,从《西游记》看神魔,从《金瓶梅词话》看市井;清代的小说中,从《儒林外史》看文人,从《红楼梦》看权贵。这些作品的相同之处在于都写了人性,因为写得浓缩,所以是精华。用最小的语言单位组合,写出无限大的内涵。

《红楼梦》无疑是最伟大的古典小说,我已经数不清自己又阅读和思考了多少遍,每次阅读总会有一些新的认识和体会。解读《红楼梦》的先贤们给我们留下了丰富的资料和历史的厚重感,红学家的热情让《红楼梦》一直处于众星捧月式的研究中,没有降温,"红粉"们的激情也从未减退,因此这部伟大作品今天依然以魅力无限的风采吸引着人们的眼球。

当下中国物质文明已经有质的飞跃,中国的综合国力地位也逐步从世界边缘走到舞台中央。物质文明高度发展后,更加需要精神文化的滋养。《红楼梦》作为中华文化一座丰富的宝藏,需要更多人来认识、热爱它,因为它是中国古典小说中的精华,是中国传统文化丰富多彩的一个浓缩体,蕴含着超越平常的文化基因和文化表象。历经久远依然能流传下来,并形成专门的学问研究,这就更加证明《红楼梦》的伟大。

伟大的作品往往被抬得很高很高,甚至祭上神坛,解读分析成为金科玉律,最后这些金科玉律形成了围栏,而后来者又一道道地加上围栏,最后将这部伟大著作变成活生生的"木乃伊"。看似有生命却让后来者不敢接近,将鲜活的文学作品钉在高高的丰碑上,大众读者只能仰视膜拜,难以延续文学的生命。

本书试图以个人生活的阶层视角和个体生存的必须为基本点,揭示《红楼梦》中鲜活的人性;通过揭示《红楼梦》中人物的人性,观察当下的人性,对比随着生存的需要,生活中挣扎显示的人性的复杂性和多样性。

一个善于生存的人,经常会有强烈的危机意识或忧患意识。古人也说,"生于忧患,死于安乐"。《红楼梦》中展示人性的复杂,哪怕遇到危险,如果提前有准备,那么"有备无患"仍然是应对危机的一个有效策略。《红楼梦》悲剧背后,是对美好的期望,如果人能预先了解,就不会有太多悲欢离合,会更加珍惜生活,让生活更加美好!

由于我个人水平所限,可能有些观点不完全正确,但这是我目前能达到的理解极限。面对一部伟大的作品,我只是从一个小

## 后　记

点来观察，无法理解全貌而有失完美是必然的，我依然在努力挖掘《红楼梦》的精华，与读者分享。

　　感谢我的亲人给我的默默支持，没有他们的支持，我是无法完成写作的；感谢南方日报出版社的领导对笔者的肯定，是他们的鼓励让我有了持续写作的动力；感谢南方日报出版社的美女编辑郭海珊女士的辛苦努力，是她的修改润色使书稿表达更加流畅；感谢我身边朋友们的鼓励和支持！

　　再次感谢在我的身后默默支持我的亲人们！

李谋宏

2020 年 10 月 6 日于广东虎门